怪談四十九夜
埋骨

黒木あるじ
編著

まえがき

黒木あるじ

手練れの書き手が集まり四十九話の怪談を綴るこのシリーズも、なんと今回で六冊目となりました。またしても編著にクレジットされている私ですが、いつも同様に、それは名ばかりのこと。本書を読んでいる皆さんとおなじく、ひとりの怪談好きとして楽しむつもりです。

さて、本書は毎回葬送にちなんだ副題が添えられています。前々巻は「出棺」、前巻は「荼毘」。そして今回はついに「埋骨」。四十九日法要後、土中に遺骨を埋める儀式です（火葬後すぐに埋骨する地方もあるそうですが）。

今回も考案者は担当編集氏なのですけれど、よくまあ毎回これほど怪談実話にふさわしく、かつ禍々しい題を考えるものだと感心するやら呆れるやら。前巻のまえがきで「もしや、すでに取り憑かれているのではないか」と書きましたが、その思いをいっそう強くした次第。次巻まで無事であることを願って止みません。

埋骨といえば、近年は先祖代々の墓に納めない形式の処理も多いとか。有名なところでは木々の根元に埋める樹木葬、粉末状にした遺骨を海に撒く散骨などがあります。故人を送る方法も時代に合わせて変わりつつあるようです。けれども、それらはあくまで生者の都合、死者側にはあまり関係がないように思われます。現に、いまも彼らは昔と変わらず我々の前に姿を見せます。呪詛を吐き、怨みをこめて手を握り、足首をつかんで無念を訴えてきます。時代や文化が変わろうと、遺骨を焼こうと撒こうと埋めようと、人ならざるモノの思いは不変なのでしょう。

この先に用意された猛者ぞろいの執筆陣による四十九の物語を読んでもらえば、あなたもそれを実感するはずです。風に揺れる卒塔婆のように乾いた恐怖あり、土の中から響く声を思わせる湿った恐怖ありと、今回も多彩な怪談が揃いました。〈死〉と〈苦〉にまみれた話の数々を、できれば独りきりで楽しんでください。

おっと——最後にひとつ。読了後、部屋の片隅で声が聞こえても、絶対に耳を傾けませんよう御忠告もうしあげます。大切な読者を失いたくはありませんので。

では、深くて冥い墓穴の底へ参るといたしましょう——。

目次

つくね乱蔵

犬が必要な家

吉村さんが中古住宅を購入したのが一ヶ月前。

直後にリフォーム工事が始まったのだが、一週間遅れての完成である。

途中、作業員が立て続けに事故に遭ったらしい。

命に別状はないのだが、足首の捻挫や、手首の骨折など、作業ができない程度の怪我だ。

とりあえず、じっくりと家の中を見て回ることにした。

工期は守らなかったが、仕事は丁寧である。どの部屋も満足のいく出来であった。

これからの暮らしを色々と想像しながら、吉村さんは居間に戻った。

妻の友恵さんは、熱心に台所をチェックしている。

さて、では引っ越しの段取りを組むか。吉村さんは、そう呟いて台所に向かった。

和室の前を通りかかった時、何とも言えない重苦しさに襲われた。

貼り付けられたように足が動かない。誰かの視線を感じ、顔を横に向ける。

和室の押し入れから目を離せない。

気が付くと、いつの間にか友恵さんが目の前にいた。同じように押し入れを見つめている。

しばらくして、どちらからともなく口を開き、同じ言葉を発した。

「犬。犬が要る」

押し入れを睨みつけながら、もう一度言う。

「犬を買いに行こう」

「ええ、愛玩犬ね。チワワがいいわよね」

車に乗り込み、二人はペットショップに向かった。

家から離れるに従い、二人は落ち着いてきた。吉村さんは自分が何をやろうとしているのか、分析できるようになった。

何故、急に犬が必要と思ったのか。自分の考えを言うと、驚いたことに友恵さんも全く同意見だった。

あの家には何かある。その為に犬が必要なのだ。防犯用なら大きな犬が良いだろうが、これは目的が違う。

愛玩犬の方が便利だ。それが結論であった。

幸いにも、ペットショップには目的通りのチワワがいた。早速買い求め、二人は家に戻った。

予感は当たった。和室の雰囲気がガラリと変わったのだ。

重苦しさは消え、その代わりに辺りが温もりに満ちている。

「良かった。やっぱり犬が必要だったんだ」

その通りだと言わんばかりに温もりが増した。

二日後、引っ越しの荷物を全て片づけ、吉村さん夫妻は新居での暮らしを始めた。

その夜、友恵さんは腕によりをかけて夕食を作った。

旬の野菜と、新鮮なチワワの肉がたっぷりの鍋である。

一片も残さず食べ終わってから、自分達が何をやったか分かった。

今でも半年に一度、吉村さん夫妻は犬を買ってくる。

一度たりとも、名前を付けたことはない。

縄鳥居

小西さんの勤務先はマイカー通勤が許されている。

自宅は勤務先から三十分の場所にあり、余裕を持った出勤が可能であった。

ところが、ある年の冬。出勤に使う国道で長期の工事が始まってしまった。

大したことはあるまいと高を括り、定刻に出勤した小西さんは、危うく遅刻するところだった。

予想していたよりも、工事区間が長かったのである。

期間中、家を早く出るか、或いは違う道を探すか。

小西さんは、迷うことなく後者を選んだ。寒い冬の朝に早起きするのは、どうあっても避けたかったからだ。

早速、地図を調べ、最短と思われる道を一本選んだ。それ以外の経路は、倍以上掛かってしまう。

あとは実際に走ってみるだけだ。

翌日は休みであったが、小西さんはいつもの時間に起床し、新しい道に向かった。

人も車も全く通らない。今まで使わなかったことを悔やむ程、快適な道だ。

田園地帯を抜け、山に向かう。左手に集落が見えてきた。

これといった特徴のない場所だが、ひとつだけ妙な物があった。

小さな鳥居である。元々は朱色だったのだろうが、今では塗装が剥げ落ち、材木が立っているようだ。

その鳥居の貫に縄が沢山掛かっていた。まるで、居酒屋の入口のようになっている。

酒の神様でも祀られてるのかなと微笑《ほほえ》み、小西さんは職場へ向かった。

いつもより五分ほど早く到着。小西さんは、これからもずっとこの道を使おうと決めた。

一週間後の朝。

例の鳥居が見えた途端、小西さんは声をあげそうになった。

何を見たかは分かる。が、それを信じたくない。

車を路肩に停め、思い切って顔を上げた。

間違いない。鳥居で、誰かが首を吊っている。

髪型と体つきから察するに、女性だと思われた。

どうしようか。助けなきゃ。いや、もう死んでるだろ。ピクリとも動かない。

だとすると、死体に触るのは嫌だな。

気持ち悪いし、汚れるだろうし。第一、一人では無理だ。

ああでもない、こうでもないと思案していると、何処《どこ》からか村人らしき男が現れた。

慌てる様子もなく、男は死体を見上げるだけで、何もしようとしない。

そのうち、一人二人と増えてきた。

全員、男と同じように黙って見上げるだけだ。

どうするつもりかは分からないが、とりあえずあれだけの人数が揃っていれば大丈夫だろう。

好んで口を挟むこともない。

踵を返し、車に戻った小西さんは最後にもう一度だけ振り向いた。

依然として死体はぶら下がっている。

そして、鳥居の周りにいる全員が小西さんを凝視していた。

全員が咎めるでもなく、怒るでもない無表情だ。

得体の知れない不安に駆られ、小西さんは急いで車を出した。

その日の勤務を終え、車に乗り込んだ小西さんは、どうするか迷った。

あの道は何となく薄気味悪い。けれど、もう一つの道は時間が掛かる。

まあいいか、走り抜ける分には何もあるまい。

人が死んだ場所なんて、そこら中にある。いちいち気にしていたら何処にも行けない。

自分自身を納得させ、小西さんは走り出した。

数十分後、その判断が誤りだったことを思い知らされた。

「嘘だろ」

声が出たのも無理はない。鳥居に女がぶら下がったままである。

今朝見た女だ。姿格好も服も同じ、左側に傾いた頭も同じだ。

結局、あいつらは放置したのか。

じゃあ何とかしてやらねばとは思えなかった。

何か妙だ、どう考えてもおかしい。

一刻も早くこの場から立ち去りたい気持ちで一杯である。警察に通報すべきではと心の片隅が叫んでいるが、何故かどうしても関わる気になれない。

翌朝。小西さんは早起きし、以前使っていた道で出勤した。
鳥居は気になるが、調べようが無い。考えているうち、ひとつ思いついた。
従業員の中には、あの道を使っている者もいるはずだ。
それとなく訊いて回ると、思った通り何人もいた。皆、鳥居のことも知っていた。
が、そこまでである。それ以上のことは誰ひとり知らなかった。
それどころか、あの集落は何十年も前から廃村だという。
小西さんと違い、何十年も地元で生活してきた者の言葉である。信じるしか無かった。
ではあれは一体なんだったのか。自分が見た人たちは、どこから現れたのか。
忘れようと努めたが、どうしても頭の片隅で考えてしまう。
小西さんは、意を決して三度あの鳥居に向かった。
驚くべきことに、鳥居にはまだ死体がぶら下がっていた。
今回ばかりは、このまま見逃すわけにはいかない。
小西さんは足の震えを抑えながら鳥居に近づいた。
よく見ると、この間の女とは違う。年配の男性である。
死んでいるのは明らかだ。小西さんは警察に通報する為に、ポケットからスマートフォンを取り出した。

鳥居から目を離したのは、ほんの一瞬である。

再び顔を上げた時、鳥居の周りが人で溢れていた。気配どころか、足音すら聞こえなかった。

前回と同じく、全く無表情で小西さんを見つめる。その中に、はっきりと見覚えのある姿があった。

何日も放置されていたあの女である。あの時の服装、左側に傾いた首。

見紛う筈が無い。

小西さんは、自分がそういうものに囲まれていることに、ようやく気付いた。

転がるようにして逃げ出し、車を走らせながらしばらく泣いたそうだ。

ここ最近、小西さんはあの鳥居で首を吊る夢を見る。

足元には、優しい笑顔を見せて自分を見上げる人たちがいる。

全く苦しくなく、泣きたくなるような快感があるのだという。

入室条件

金田さんは大学を卒業して十二年になる。当時の友人、酒井とは今でも連絡を取り合う仲だ。

酒井は、廃墟の写真撮影という変わった趣味を持っていた。

時が止まった空間の美しさに魅せられたのだという。

金田さんも一緒に旅に出る時がある。

と言っても、廃墟に付き合うわけではない。金田さん自身はその町の観光地へ向かう。

旅行が趣味の金田さんにとって、二人連れは、宿泊費や運賃の面で何かと助かるのである。

それぞれがお互いの趣味を満喫し、宿でその日の成果を報告し合う。

それが上手く噛み合った結果、十二年もの付き合いになったのだ。


それは今年の五月のこと。

例によって酒井が旅に誘ってきた。目的地は関西地方のとある町だ。

同好の士から聞いた物件に行きたいのだという。

全面が蔦《つた》に覆われた古民家であり、先ずはその外見が素晴らしい。屋内はそれほど荒れていない。

つい先ほどまで、人がいたような生活感に満ちているそうだ。

調べてみると、すぐ近くに良い感じの温泉がある。

金田さんは二つ返事で引き受けた。

現地に到着し、いつものようにお互いの目的地へ出発。

金田さんは、ひなびた観光地を心ゆくまで楽しみ、温泉へ向かった。

青葉茂る山を見ながら、のんびりと露天風呂に浸かる。

先客が二人いる。会話から察するに、この土地の人たちらしい。

金田さんは、どこか美味《うま》い飯屋は無いか訊ねてみた。

あそこがいい、いやここも中々、などと会話が弾むうち、一人旅かと訊かれた。

連れがいるのだが、廃墟撮影が趣味で別行動だと答えた途端、二人の顔色が変わった。

もしかしたら、古川の家に行ったのではないか。

そう訊かれたが、詳細を知らない以上、返事のしようが無い。

金田さんが正直に言うと、二人組は渋い顔で黙り込んでしまった。

しばらくして、ようやく一人が重い口を開けた。

「あんたのお連れさん、体は健康か。暮らしは上手くいってるか。抱え込んでる悩みとか無いか」

立て続けの質問に戸惑いながらも、全て順調だと答える。

「なら、まあ大丈夫だろう。あの家には入れない」

もう一人が言葉を続けた。

「そうだな。後は無事を祈るしかない」


二人が言うには、酒井が向かったのは古川という家らしい。夫婦と子供三人、姑を入れて六人が暮らしていたのだが、七年前に全員が居なくなった。

考えられるのは夜逃げぐらいだが、理由が思い当たらない。

当時は随分と噂になった。けれど、警察が入ったのは最初の一度だけである。

結果として何もかも曖昧なまま今に至っている。

古川家はこの辺りの権力者と血縁関係にあり、何らかの圧力があったのかもしれない。

それから二年ほど経った頃、困った出来事が起こり始めた。

どこでどう噂されたのか、心霊スポットとして見物に来る者が現れたのである。

深夜にやって来る為、近隣は堪ったものではない。

行政に相談しても、これといった対応は得られなかった。

そんなある日、思わぬ事件が起こってしまった。

玄関横の松の木で若者が一人、首を吊ったのである。

それを切っ掛けに、更に見物人が増えてしまった。

「ところがな、ひとつ妙な事があって」

わざわざ来たにもかかわらず、殆どの者は中を見ずに帰ってしまう。

「近所の奴が言うには、精々が家の周りをうろつく程度で、中に入る気配が無い。玄関ドアを開ける音しねぇし、家ん中を歩く音もしねぇ」

中まで見て帰る者は、ごく僅かであった。

実は、その数少ない者全員が不幸な目に遭っている。

「いや、あくまでも噂だけどな。俺の知り合いで中に入った奴がいるんだけど、次の日に車に轢かれて死んじまった」

「そういう話が何件も出てきたんだよ」

そのうち、誰からともなく言いだしたことがある。

あの家に入った者が死ぬのではない。近い将来、死ぬ者だけがあの家に入れるのだ。

「だから訊いたのよ。あんたの友達が健康で悩みも抱えてないかって」

「そうそう。なんも無いなら、家には入れずに帰ってくる」


その日の夕方、酒井は憮然とした顔で帰ってきた。

金田さんは酒井が口を開く前に話しかけた。

「家、入れなかっただろ」

戸惑う酒井に、金田さんは聞いた話を説明し始めた。

思い当たる節があるのか、酒井は何度も頷きながら聞いている。

確かに、どうやっても入れなかった。いつの間にか通り過ぎていたり、玄関ドアを開けようとしているのに体が動かなかったり、どうやっても入れない。気が付いたら、この旅館の近くを歩いていたという。

持参したカメラにも何一つ写っていなかった。

結局、単なる旅行になってしまったわけだが、酒井は諦めきれなかったようである。

酒井は、他の廃墟には目もくれず、古川家ばかり訪ねるようになった。

おかげで金田さんとは、すっかり疎遠になってしまった。


八月に入ってすぐの事である。

久しぶりに酒井から電話が掛かってきた。

楽し気に弾んだ声だ。

「入れた！　やっと入れたよ。すげぇぞ、ここは。今から画像送ってやるよ」

そう言い残し、電話は切れた。

直後、送信された画像を開いてみたが、真っ黒で何も写っていない。

それからの数日間、酒井と連絡が取れなくなった。

酒井は宿泊先で倒れて緊急搬送されていたのである。今もまだ面会謝絶の為、何があったのか分からないという。

非常階段

島田さんはベテランの警備員である。恐ろしい目に遭った経験は数多くあるが、その殆どは人や事故の話だ。

頭で理解できる範疇の出来事であり、時が経てば記憶の片隅に片付けられる。

が、唯一どうにも解決できないことがあった。

それが起こったのは、とある企業のビルである。夕方五時から翌朝九時までを一人で受け持つ現場だ。

配属された三人で交代して行う。このうちの一人、浜野という男が自宅で突然死してしまった。

欠員補充として呼ばれたのが島田さんである。

仕事自体は簡単なものだ。五時以降に当務を開始し、翌朝九時までには受付の女性に引き継ぐ。

対人相手の仕事は殆ど無い。単純な巡回と施錠確認だけである。

島田さんがこなしてきた中でも、群を抜いて楽な現場だ。

他の難しい現場との兼任が多い島田さんにとって、休息時間に等しい勤務であった。

ひとつだけ厄介なのは、深夜の巡回である。夜十時に始まり、まずは建物の外周を点検し、非常階段を使って五階まで上がる。

そこから屋内に入り、各階を見回りながら降りてくる。

体力的にどうこうとか、経路が複雑とかではない。雨の日の非常階段が滑る為、単純に危険なのだ。

悪いことに、会社の規定として革靴着用が義務付けられている。

足元を見ながら、ゆっくり確実に上がるしかなかった。


それは六月中旬のこと。

朝から降り続く雨にうんざりしながら、島田さんは業務をこなしていった。

社員は全て退社し、残るのは自分だけだ。正面のシャッターを下ろし、北と南の出入口を施錠。

遅い夕食をとり、残るのは巡回だけである。

マスターキーと懐中電灯を持ち、島田さんは警備室を出て非常階段に向かった。

いつもよりも注意して、ゆっくりと上がっていく。

三階まで来た時、何か聞こえた気がして立ち止まった。

上からだ。顔を上げた途端、ハッキリと聞こえてきた。間違いなく足音である。

だが、その足音の主が見えない。近づいてくるのは足音だけである。

すぐ前まで降りてきた。島田さんは慌てて壁際に身を寄せ、足音をやり過ごした。

足音は立ち止まることなく、下まで降りていく。一階付近で音は徐々に小さくなって消えた。

今のは何だったのだろう。聞き間違いではない。それには自信がある。

とにかく、巡回だ。島田さんはいつもより早足で巡回を終えた。

足音はその日だけで終わらなかった。それどころか、足音の主は自分を主張し始めた。

音だけではなく、姿が見えるようになってきたのだ。

最初は足首まで見えた。

ふくらはぎ、膝、太股と見える範囲が徐々に上がっていく。

どうやらスーツ姿の男のようだ。

七月末の雨の夜、とうとう胸まで見えるようになったという。

仲間に事情を訊きたいのは山々だが、話す切っ掛けが無い。

それでもようやく打ち明けたのだが、仲間は事もなげに言った。

「この間、死んだ浜野と君だけやで。非常階段使ってるのは。わしら、しんどいから使わへん」

言葉に詰まる島田さんに、仲間は続けて言った。

「浜野が変なこと言うてたな。非常階段は地下に続いてるとか何とか」

このビルには地下室など無く、口論になってしまったそうだ。

浜野は、証拠写真を撮ってきてやると捨て台詞を吐いた。

翌日の勤務を終え、自宅に戻って急死したのだという。


浜野がそこまでこだわった地下室とは何なのか。

もしかしたら、自分にも見えるのではないか。

怖くてたまらなかったが、島田さんは好奇心に勝てなかった。

何日か後の雨の夜、島田さんは非常階段から離れた場所で、足音が降りてくるのを待った。

しばらくして、聞き慣れた足音が降りてきた。いよいよ肩まで見えるようになっている。

男は一階まで階段を降りてくると、そのまま地面に消えていく。

島田さんは恐る恐る近づき、様子を探った。

黒い穴が開いている。

階段がその中に続いていた。

先は暗闇に飲まれ、全く見えない。

自分では気づかないうちに、島田さんは二段目にいた。

すぐ側の道路を車が通らなければ、そのまま降りていったかもしれない。

島田さんは慌てて穴の外へ出て、守衛室に逃げ込んだ。

数日後、寝ている間に両足首を捻挫していた。

痛みなど無く、ベッドから降りようとして気づいたという。

英才教育

静江さんは幼い頃、虐待されて育った。
新しい父が家に上がり込んでからのことだ。
肉体的な暴力であるとか、食事を与えられないとかではない。
両親の夜遊びに同行させられたのである。
行き先が変わっている。繁華街や飲み屋ではなく、心霊スポットだ。
父は、そういった場所に出向いて馬鹿騒ぎするのが趣味であった。
最初に連れ出された日のことを静江さんは今でも鮮明に思いだせる。
それは、静江さんの六歳の誕生日であった。
外に食事に行くと宣言され、静江さんは当時一番好きだった服に着替えた。
車が到着したのは、朽ち果てたホテルである。
両親は興奮気味に会話を交わしながら、敷地内に入っていく。
静江さんはわけがわからないまま、その後をついていった。

幼い女の子が、心霊スポットの存在など知るはずがないが、それでも直感的に恐怖を感じたという。

どんどん進んでいく二人に置いていかれないよう、静江さんは必死で歩いた。

ようやく二人が足を止めた。広いホールである。

片隅に片づけられたテーブルと椅子を引っ張り出し、誕生日パーティーが始まった。

と言っても、テーブルにあるのはコンビニの弁当と安いケーキだけだ。

しかも灯りは懐中電灯しかない。異様な雰囲気の中、食事をしていた父が唐突に立ち上がった。

静江さんを見つめ、父はこう言った。

「ガキってのは見えるもんだろ」

何の事か分からずに黙り込む静江さんに苛立ったか、父は語気を強めた。

「ぼーっと座ってないで、ちゃんと見ろよ。どこかに怖いものがいないか探せ」

母も、厳しい顔つきで静江さんを責めてくる。

「あんた、幼稚園の頃にオバケ見たって騒いでたじゃん。ほら、気合い入れて周りを見なさいよ」

そう言われても見えないものは仕方ない。

口ごもっていると、父は明らかに苛ついてきた。

静江さんの後頭部を小突きながら、しっかり見ろと叱咤する。

たまらなくなった静江さんは、その場しのぎの嘘をついた。

あの窓に女の人がいる。

よく見えないけど、こっちを睨《にら》んでる。

その程度のことしか言えなかったが、それでも父は満足したようだ。

「おお、怖ぇ！　マジかよ」

父は持っていたカメラを窓に向け、何枚もシャッターを切った。

そのうちの一枚をまじまじと見つめ、父は興奮した。

「やべぇ！　なんか写ってるわ。お前が見たのってこいつか」

画像を見せられたが、怪しげなものは何も写っていない。けれど、正直に言ったら叱られる。

静江さんは慌てて頷き、間違いないと応えた。更に何枚か撮って満足したらしい。

その夜、父はずっと上機嫌であった。帰りに買ってもらった高級アイスクリームが、やたらと美味しかったのを覚えているという。

気を良くした父は、それからも静江さんを連れ回した。

本来なら立ち入ってはならない場所でも、平気で乗り越えていく。

静江さんは父の欲求を満たす為、様々な霊を作り上げていった。

そんな事を繰り返しているうち、徐々に力が付いてきたらしい。

本当に見え始めてきたのである。

精度が増すにつれ、見える理由も分かってきた。そのものの意思の強さによるというのが、静江さんの結論だ。

強い意思を持った霊ほど、ハッキリと見える。ハッキリと見えれば見えるほど、その霊は恐ろしい。

大多数の霊は、そこまで力が無い。塩や酒で祓える。貧弱なのは、気合いを込めるだけで離れた。

数多く見た中で、確実に危険だと思ったのは一度だけ。

静江さんには、それが小さな女の子に見えた。その時は、両親以外に父の仲間が三人ついて来ていたのだが、女の子はそのうちの一人の首にぶら下がったまま離れようとしなかった。

見たままを言うと、攻撃対象が自分になると判断した静江さんは、逆方向に顔を向け、適当な話をでっち上げた。

無事に帰りついてしばらくは、震えが止まらなかったという。


心霊スポット巡りは、静江さんが成長しても続いた。

その間、静江さんは父から、母に言えないような虐待も受けた。

何度も死のうと思ったのだが、辛うじて踏み止まっていた。

もうすぐ十二歳になろうかという夜。

とある心霊スポットで、静江さんはかつてないほどの凶悪な霊に出会った。

どこにでも居そうな中年の女性だ。ハッキリ見えるどころではない。父や母に見えないのがおかしいぐらい生々しい姿だ。

幸いにも、押し入れの前から動けないようだ。

非常に攻撃的な意思を放っているにもかかわらず、静江さんは父にこう言った。

「たいしたのは居ないけど、もしかしたら押し入れの中に居るかも」

父はニタニタと笑いながら、押し入れに向かった。
父が近づいた途端、中年女性は大きく膨れ上がり、すっぽりと父を抱きかかえた。
その瞬間、妙な言い方だが父が薄くなったという。

三日後。
父が事故で亡くなり、ようやく静江さんは解放された。
葬儀中、静江さんはずっと俯《うつむ》いていた。
自らの遺体を呆然と見下ろす父の姿が、面白くて仕方なかったからである。
出棺時、父が近づいてきたが、気合いを込めると何処かに飛んでいった。

上手な絵

Jさんが近所を散歩していると、W家の玄関先で見慣れぬ子供が絵を描いていた。スケッチブックを広げ、そこに色鉛筆で人物を描いている。それが、子供とは思えない筆遣いであったという。

一目で、W家のお爺さんだとわかった。Jさんが小さな頃はまだ元気でよく挨拶した覚えがある。今は見かけないが、それは寝たきりになっているからだと聞いている。

その子は、おそらくお爺さんからすると孫なのだろうと思った。

「おじいちゃんだね」Jさんは語りかけた。

「そうだよ！」その子は嬉しそうに顔を上げた。ほっぺたがふっくらしていて、指でぷにっと突っつきたい衝動に駆られたが、グッと我慢した。

「上手だね」

「ありがとう！」

「早く良くなるといいね」

その子は絵に向き直って、色鉛筆を動かし始めた。

「おじいちゃん好きなんだね」

Jさんは話しかけたが、お絵かきに没頭しているのか、もうその子は答えなかった。

その絵にたばこの絵が加わった。シガレットのフィルターをお爺さんが咥《くわ》えており、先端が赤い。ちゃんと火がついていて、煙もでている。その煙の表現が幼い子供とは思えないほどにリアルだ。

「おじいちゃん、たばこ好きなんだ」

黙々とその子は描いていた。Jさんを無視しているというよりは没頭しているように見えた。その表情がすごく嬉しそうなのだ。

邪魔したらいけないなと、Jさんは「バイバイ」と言って手を振った。

依然として没頭しているようで、その子は振り向きもしなければ返事もしなかった。

家に帰ったJさんは特にその出来事を家族に話すことはなかった。

その晩、サイレンが近所で響いた。ええっ、とJさんは飛び起き、外に出ると人だかりがあった。焦げ臭い上に消防車と救急車が見えた。火事だとわかった。

現場に行ってみると、火事が起きたのはW家だと判明した。火は消し止められたが、

Jさんは、あの子は大丈夫だろうかととても心配になった。しかし、シャイなJさんは野次馬や消防隊員には訊けなかったという。

明けて翌朝、といっても昼近くだけれど、Jさんは母親から火事について聞いた。お爺さんが逃げ遅れて焼死したのだという。お爺さんに遊んで貰った記憶が蘇ってJさんは切なくなった。それに加えて、あの子が心配だ。お孫さんについて訊いてみた。玄関先で絵を描いていたその晩に火事が起きていたので、その家にいたはずだろうと思ったのだ。亡くなったのはお爺さんだけということだった。介護に来ていた娘さんは無事だったというのも伝え聞いている。お孫さんが来ていたなら同じように無事だろうと言われ、Jさんは納得した。しかし、あの子は、お祖父さんが大好きだと言って、あんなに上手な絵まで描いていたので、さぞ悲しむだろうと、暗い気持ちになった。

Jさんは葬儀に参列した。喪主の息子さんがいた。その妹さんもいる。若い人たちはお孫さんだろう。親族には成人が多く、一番下でも学生服の男の子。あの子ではない。ひ孫なのか？　とも思うが、赤ちゃんと女の子はいたが、あの男の子はいない。どういうことなのか。玄関先で絵を描いていたあの子はいないのか？　その場ではとても訊けなかった。Jさんは帰って母親に訊いた。

田舎の人は事情通で、やはり母親はよく知っていた。

「孫にもひ孫にも、そんな男の子はいてはらへんよ。あんたが男の子のこと気にしてたから訊いてみたんやで」

「じゃあ、あの子は誰？」

「そんなん、こっちが訊きたいわ。ていうか、たばこの絵を描いてたんやろ」

「そうやけど」

「変な話やねんけど、火事の原因、寝たばこらしいねん」

「えっ。怖っ。予知みたいやん」

Jさんの二の腕には鳥肌が立っていた。母親は困ったような表情で話を続けた。

「でも、Wさん、たばこは喫《す》わはらへんねんで。放火犯が落としたんかと思えるけど、誰かが入った形跡はないし、事件と事故の両方から調べてるいう話や」

Jさんは、あの絵を思い出した。

喫わないはずのたばこを、お爺さんが喫っている絵。そのたばこが原因でお爺さんは死んでおり、なんだか予知のようになっている。しかも、それを描いたのは孫ではない、どこかの子供。その謎の子供のあの可愛らしさが逆にとても恐ろしくなったという。

四つの文字

Tさんの又従姉妹であるAさんはマンションの一階にある、庭付きの部屋に家族で住んでいた。彼女は両親とだけでなく、祖父母とも同居していた。

そのお祖父さんがあるとき、自分で書いた字を壁に飾った。横書きで四つの文字が書かれているようだ。四字熟語や有名な成句ではなく、そのときに思いついた言葉なのだというが、達筆すぎて読めない。みなよくわからないけれど、お祖父さんにはそれで良いようだった。

何と書かれているのかわからないけれど、きちんと鉛筆で下書きをし、接着剤を垂らして砂をかけるという手間のかかったものであり、大事に飾られている。しかし、Aさんにはなんだか、その文字が生理的に怖かったという。それで、その書が飾られている玄関入ってすぐの部屋には、怖くて入れなかったという。

あるとき、お父さんが急性の白血病で亡くなった。娘であるAさんが小学生だったので、亡くなるには若すぎる。それからほぼ三年おきにお祖父さん、お祖母さんの順で亡くなった。いずれも病死である。

妙に決まった間隔で次の者が亡くなるので、残されたお母さんは何か厭なものを感じていた。何かの祟りを疑ったという。

それで霊能者を呼んだ。やってきた霊能者は玄関に入るなり、あの額の字がいけないという。

大事に飾られていたし、お祖父さんの形見の書ではあるが、なぜかそれが原因であると納得できたそうだ。それで、その書は捨てた。

それがよかったのか、連続死はそこで止まった。

……かに見えたが、すでに障りが体を蝕《むしば》んでいたかのように、お母さんは三年後に脳《のう》溢血《いっけつ》で亡くなったという。

Aさんは一人残された。お母さんも亡くなってしまったが、あの恐ろしい四つの字がなくなってからの部屋の良い感じからすると、連続死はあの書のせいだと思えたという。

依然として、そこに住み続けた。

実際に、三年後に亡くなることはなかった。あの文字の障りはなくなって、事態はすっかり落ち着いたようだと思えた。それからかなり経ってから、Tさんは Aさんのマンションで、久しぶりに女の親戚四人で集まることにした。久しぶりだねと酒宴になった。

夜も更けて、泊まることになった。Tさんは庭に面した部屋を勧められた。そこで寝ようとすると不自然に寒い。あの、書のかかっていた部屋ではない。気味悪く思って、それを家の主であるAさんに告げると、Tさんも変な感じがするのかと、感心したように言った。実はそこで寝ると金縛りに遭うというのだ。ただ、自分だけかと思っていたので、その部屋を提供したのだそうだ。

何かありそうな、その庭に面した部屋だが、実は、その庭で変なことがあったのだという。

あるとき、その庭に死体があったのだ。それは上に住む住人が飛び降り自殺した姿だった。それが起きたのは、まだあの書が家にあったときなのだという。

それだけ多くの死を呼ぶ書にあったという四文字。一体、何と書かれていたのだろうか。

あの部屋

怪談ライブのあとでお客さんとしていらしていた、Yさんという女性から聞いた話。
今はもう取り壊されてしまっているが、埼玉県川越市にある、お母さんの実家でのこと。

幼い頃、十月の川越まつりには、毎年その家を訪れていた。その家に行くと、ある部屋でよく遊んでいたという。二階に上がってすぐの畳の間に繋がる、もう一間がそれだ。おもちゃがあるわけでもなく、好きな調度品があるわけでもないが、なぜかそこで一人で過ごしていたのだという。

そのときはなんでもないのだけれど、あとから思い返すと、なんだか雰囲気が怖い部屋だった。具体的に何か恐ろしいものを見たわけではないのに、本能的に恐怖を覚えるのだ。

それなのに、その家に行くと怖さをすっかり忘れて、その部屋に入ってしまうのだという。

昨年、以前にその家があったところを通りかかり、その部屋のことを思いだした。その二階の怖い雰囲気がする部屋の話をしたら、そんな部屋などないと親族のみなが口々に言う。二階に部屋は一つだけだというのだ。

それを聞いて、実在しない幻の部屋に何度も入っていたのだと、ゾッとしたという。あるはずのない部屋で、何度も遊んでいた。それは、お祖父さんが他界され、それに伴ってその家とは疎遠になる、Yさんが中学二年のときまで毎年続いていたのだ。それほどになんの疑いもなく、何度も幻のその部屋に入っていたことになる。

思い返してみれば、その部屋では不思議な目に遭っていた。

ある年、まつりが土日に重なった。そのときには、従兄弟も大勢集まり、二階に上って窓から通りを行く山車《だし》を眺めたという。なぜかそのとき、従兄弟達は手前の部屋の窓にひしめき合って眺めていた。隣の間にも窓があるので、そこから見れば良いのに。Yさんはそう思って、隣の部屋に入り、悠々と見物しようと窓に近付いた。

なぜか、通っているはずの山車が見えなかった。

手前の部屋の窓に行くと外が見える。続きの部屋に同じ向きに付いた窓なので、どちらからでも見えるはずなのだけれど、例の部屋では見えない。何か角度でも悪くて見えないのだろう程度に考えて、その部屋からは見るのはやめたという。

毎年十月に現れる部屋なのかとも思えるが、季節は関係なさそうだった。ある年の八月に、夫婦喧嘩をしたお母さんが実家に戻ったことがあった。Yさんはお母さんに付いて妹や弟とその家に泊まった。二階の手前の部屋にだけ蚊帳が吊ってあり、布団もそこだけに敷いてあった。狭いけれどそこで親子四人で寝たのだという。隣の間を使えばいいのに、とそのときも不思議に思ったという。ちゃんとYさんには隣の部屋が見えていたのだ。

こうまで不思議だと、二階に何か曰《いわ》くがありそうに思えるのだそうだ。赤ちゃんのとき、階段から落ちたことがあるという。二階には危害を加えそうな者がいそうな、そんな気がするのだという。ただ、そのときは無事で、二階の何かとは別に護《まも》ってくれている存在があるように思える。

それらを合わせて考えてみると、あの幻の部屋に誘われて、何か精気でも抜かれていたような気がする。まるで蚊が吸血する際に、痛みを忘れる毒液を注ぎ込むように、その部屋が違和感を消し去ってしまっているような不気味さを覚えるのだ。

そこから出てしまうとその力がなくなるので、本能的に何か恐ろしいという感覚が甦ってくるのではないかと思えるのだそうだ。

そんな邪悪な何かを想像させるのは他にも訳がある。

この話を他人にするだけで、目が腫れたり、猛烈な吐き気に襲われたりと、あの部屋が無くなった今でも、Ｙさんには障りがあるのだ。

餅のようなモノ

Oさんのお祖父さんが子供の時の話。

開発されて住宅地になったある地域にOさん一家は越してきた。その住宅地には、一軒家が密集して建っていた。そんなエリアなのに、四、五軒くらいの面積がある、勿体ない感じの空き地が家々の間にあった。その空き地の真ん中には祠《ほこら》がある。それを囲むように八方向に木が植えてあった。さらにその敷地を木製の柵で人が入れないようにしてある。

古くから大切にしているようで、元からいる人たちは当番で掃除をし、何かお供えしていた。それは自治会のお金が出ていると親から聞いた。お世話は当番制なのだけれど、それは古くからある家だけで、新参者はしない。逆にしない方が楽だから、後から来た人は文句を言わなかった。Oさんのところもそうだった。

親からは、大事にしているようだから勝手に入るなと言われたのだが、その祠があるスペースは広くて遊ぶには最適だし、意外と遊んでいる子を見かけたので、Oさんも柵を乗り越えて遊んでいた。見つかると怒られるが、みなうまく目を盗んで遊んでいたようだ。

ある日、一緒に入ったKくんが祠に興味を示した。そこのお供えを食べたいと言いだしたのだ。普段は全く気にしていなかったが、確かにお供えは食べ物っぽい。でも、半透明の得体の知れない餅みたいなもので、あまりおいしそうではない。Oさんの感覚とは違うようで、Kくんは美味そうだし腹も減っているので喰いたいと聞かず、とうとう口にした。

食べた瞬間、Kくんの目の色が変わった。瞳がすごく小さくなる。白目に点という感じの目になったのだ。

本能的に怖くなってOさんは後ずさると、Kくんは「ウガーッ」というような吠え声を上げて、追っかけてきた。

木の後ろに隠れると、Kくんは向こう側からその木を蹴った。子供が完全に隠れられるくらいの木なのに折れてしまった。Oさんは腰を抜かして尻餅をついた。それが功を奏したのか、KくんはOさんを見失ってしまったようで、別の方向に走り出した。

木が折れる音で大人も気付いたのか外へ出て、集まってくる。Kくんはそんな大人たちを簡単に蹴り倒して暴れ回っている。大人なのに勝てないのだ。血を流して倒れている人もいた。

そこに鉈《なた》のようなものを手にしたおじさんがやってきて、ドーンとKくんの頭をかち割った。Kくんは頭から血と白いものを零《こぼ》して倒れている。その様がOさんにはトラウマとなった。

Oさんは大人たちに見つからないように木の陰から祠の敷地を抜けていたが、Kくんが殺されたのを見て、見つかったら自分も殺されてしまうだろうと、騒ぎに乗じて家へと逃げた。うまく家に逃げおおせたのだけれど、Kくんが殺されたことは怖くて家の人にも言えなかったという。

知らせは家まで来たが、Oさんが関わっていたのはバレていないようだった。

Kくんの葬儀があった。それにはOさんも参列した。なぜか、Kくんは電車に轢かれて死んだことになっていた。大人はみんな、電車事故と言っている。Kくんの両親でさえもそう言っていた。

Oさんは違うと思っているが言えなかった。

その後、その祠のまわりの柵はとても高い壁に変わり、中は見えないし、簡単には乗り越えられなくなったという。

フロの黒蛇

Kさんの実家での話。

河内にある実家を継いでいるお兄さんの奥さんは、他の地方の出身で、ふくよかな見た目もあり、家族の中ではおっとりした、温和《おとな》しい人という印象があった。

一族が集まったあるとき、子供達が騒ぎ出した。行ってみると大きな黒い蛇が家に入ってきていた。大きくて気味が悪いので大人達もどうしようかと躊躇していると、その兄嫁はつかつかと歩み寄り、さっと蛇の首根っこを掴んだ。

呆気にとられる皆を尻目に部屋を、そして、家を出て行く。

外から、ビタン、ビタンという大きな音が響いてくる。

みな、まさかと外に出ると、兄嫁は尻尾をもって頭を地面に叩きつけていた。もう蛇の頭は破壊され、顔の形もなくなっている。

言葉も出ない皆の間を抜け、兄嫁は台所に戻ると、その蛇をゴミ箱に捨てた。それを目にして、そんなところに捨てるな、生き返ったらどうするのだとか、蛇は生命力が強くて生殺しだと仕返しに来ると、大人たちはさんざんに批難した。

兄嫁はそれを受けて、渋々とゴミ箱から蛇の死体を取り出した。それをどうするのかとKさんは恐れながら見ていると、なんと、まな板に載せ、包丁で首を切り落とした。かなりの勢いがついていたようで首が吹き飛んでいる。兄嫁は何事もなかったかのように、胴体と首をまたゴミ箱に入れた。

生き返ると主張するものはいなかったが、そのまな板で食べ物は切るなという批難はあった。兄嫁は言われて初めて、それはそうだと気付いたという。特に蛇殺しを生業にしている一族の出というわけではなく、単に蛇が怖くないだけのようだけれど、変わった人なのだと思えた。

その蛇についてはそれで終わったが、翌日、また、子供達が騒ぎ出した。

また、蛇が出たのだ。昨日と同様の黒い大きな蛇だ。昨日の蛇は死んでいるから、復讐に仲間が来たのかも知れないと、みな懼《おそ》れていた。

が、一番復讐を懼れるはずの兄嫁が、昨日と同様にさっさと蛇に近寄って、また、首根っこを押さえた。

これでまた安心かと思われたが、首根っこを押さえたのを確かに見たはずなのに、なぜか、右手で掴んでいたのは尻尾だった。

蛇はあっという間に右腕に巻き付いていき、腕を動かせないようにすると、兄嫁の顔に咬みついた。何度も何度も咬みつく。

やっとのことで離すと、蛇は逃げていった。

兄嫁の顔には咬み痕が付いていた。額の傷は字に見えた。

Kさんには〝フロ〟と読めた。兄もそう読んだそうだが、一人が「それはフロではなくて、ノロではないか。呪いという意味じゃないのか」と言いだした。さっきの不思議な蛇は昨日殺した蛇の復讐に来て、まだ呪っているのではないかと言うのだ。

それを聞いて、皆ゾッとしたという。ただ、それはちょっとこじつけっぽいようにも思う、気にしすぎではないかということで、それはそれで話は終わった。

しかし、その日、兄嫁は気をつけていたにも拘わらず、〝風呂〟で転んでしまったという。そのときに、額をぱっくりと切る大けがを負った。

神 薫

猫ドア

かたん、と小さな音がして秀和さんは深夜に目を覚ました。

これは、寝室の入り口下方に設《しつら》えた猫ドアを愛猫が通りぬける際の音だ。

ぽすっとベッドの隅に猫が乗った。きっと飼い主の側で一緒に眠りたいのだろう。

「おいで、一緒に寝るか？」

優しく声をかけると、猫はするりとブランケットに潜り込み、秀和さんの脇にぐりぐり体を押しつけてきた。

脇に挟まる猫を撫でたところ、何か変だった。

「背中が妙に固かったんです。肉が薄くて、毛皮の下がすぐ骨みたいな触り心地で」

猫を撫でる指に、ぱさぱさとかさつく長い毛が絡みついてきた。

「あれっ？　と思いました。うちの猫は短毛種なので」

戸惑う指先が、ぺたりと脂《あぶら》じみた無毛の皮膚に触れた。

うちの猫には禿《はげ》などない。長毛種の野良猫でも入り込んだのか？　野良猫だったら皮膚病で毛が抜けているのかもしれない。

秀和さんが上半身を起こしても、人馴れしているのかその猫は逃げようとはしなかった。

何か黒い塊《かたまり》がベッドの上にいる。真っ暗な部屋で、夜目でわかるのはそこまでだった。

枕元のスマホをつかみ、ベッドを照らすと光を放つ双眸《そうぼう》がこちらを見返してきた。

夜の猫そっくりな緑の目が二つ光っていたが、その目と目の間隔は通常の猫の倍はあった。

野良猫の禿かと思ったのは、額だった。ぼさぼさの髪に覆われた頭の上半分だけが、ぽつんとベッドの上で携帯の光に照らされている。下顎のない頭は、まるでベッドから斜めに生えているように見えた。

「少し疲れた、すっぴんの中年女の顔みたいでした」

スマホを取り落とした秀和さんが牛蛙《うしがえる》を潰したような悲鳴を上げると、女の頭はベッドから飛び降りた。

〈言う通りにしたのに……〉

恨めしげなアルトの声を残して、頭は〈かたたん〉と猫ドアをくぐって出て行った。

「びっくりして光源のスマホを落としてしまったので、女の頭がどうやって移動したのかはわからなかったですね」

足がないのに高速移動できた理由は、女の頭半分が宙に浮いていたせいだろうか。

そういえば、下顎が欠損していながら捨て台詞《ぜりふ》を吐いていくというのも変な話である。

もし霊が自由に物質を透過できるのならば、女は頭部の唇より上のパーツのみ実体化させて猫ドアを鳴らし、顎より下の体の部分はベッドより下に埋もれるように存在していたのではないか。

私が推論を展開すると、話の腰を折られて秀和さんは苦笑した。


女の頭を目撃したのはこの一夜のみだそうだ。

「僕的には、眠気が吹き飛んで自分の頭がクリアになったときが修羅場でしたね」

愛猫が数か月前に老猫特有の腎臓障害で死亡していたことを、女の頭が去ってから急に思い出したのだという。

忘れられるはずもなく、在りし日の愛猫を思い出しては毎日悲しみに沈んでいたのだが、その日の深夜目が覚めたときだけは、どういうわけか愛猫が生きていると思い込んでいたそうだ。

「処分するのも悲しくて猫ドアをそのままにしてあったんですが、あんなモノが出入りするとなると、どうしたものか……」

猫ドアを撤去するか、それとも、怪異除《よ》けも兼ねて新たな猫を家に迎えるか。

秀和さんは今も悩んでいる。

一卵性母子

沙耶香さんは母子家庭の一人っ子で、母親ととても仲が良い。

年齢より若見えするのが自慢の彼女の母親は、娘と同じ美容院に通ったり、互いに服を貸し借りしたりと友達親子のような関係を築いている。

「高校生のころ、ママと二人で2DKのアパートに住んでたの。入り口近くの洋室が私の部屋で、奥のベランダ付きの和室がママの部屋だった」

ある日、沙耶香さんが部活から帰ると、彼女の母親は奥の和室で正座していた。

「いつもママは私より帰りが遅かったから、この日は早く帰れたんだ〜って嬉しくなった」

玄関に背を向けているので母親の手元は見えなかったが、前後に揺れる動きから洗濯物を畳んでいるのだろうと沙耶香さんは思った。

「私も〈ただいま〉って言わなかったんだけど、ママはすごく洗濯物に集中してたのか、娘が帰ってきたのもわかってないみたいだった」

ふと沙耶香さんにいたずら心が芽生え、一心不乱に洗濯物を畳む母親をびっくりさせてやりたくなった。

母親に気づかれないよう抜き足差し足で廊下を進む。

もう少しで正座した母親の背中に手が届くと思ったとき、玄関のドアを解錠する音が聞こえた。

振り返ると、開いたドアから母親が顔を覗かせていた。

「沙耶香、ただいま」

紛れもなく、聞きなれた母親の声だった。

じゃあ、和室で正座してるのは誰？

こちらも見なれた母親の後ろ姿に間違いない。

「どうしたの、誰か来てるの？」

帰ってきた母親が廊下を歩いてくる。

近づく母親に背を向けたまま、正座した母親は洗濯物をいじり続けている。

この家に、母親が二人。

「絶対に二人を会わせちゃいけない！　と思った。ドッペルゲンガーに会ったら、近いうちに死ぬっていうから」

沙耶香さんはせめて目隠しになればと、正座する母親の背に覆い被さった。

正座していた者が顔を上げた。

「それ、ママじゃなかった。私だった」

いつも鏡で見るのとそっくりな顔と目が合う。

沙耶香さんには泣きぼくろがあるのだが、その人のほくろは鏡像で見る彼女の顔とは逆に付いていた。

「どうしたの、何かあったの？」

和室に入ってきた本物の母親に声をかけられて、彼女は我に返った。

「ママだと思ったのに。私の後ろ姿、あんなに肉付きが良かったなんてショックだった」

彼女はドッペルゲンガーのブラジャーからはみ出した背中の贅肉を見て、てっきり母親に違いないと思い込んだのだった。

その当時、行きつけの美容院で母娘はお揃いの髪型にしていたそうで、それも誤解の原因になったようだ。

沙耶香さんが確認すると、母親は娘のドッペルゲンガーを目撃していなかった。

和室の洗濯物は畳まれておらず、シャツと言わずショーツと言わず、全てぐるぐると入念に捻《ねじ》られていたという。

「ドッペルゲンガー見ちゃって死ぬかもしれない恐怖もあったけど、それよりこんなオバサンっぽい姿のまま死にたくない、死ぬのなら美しく死にたいって気持ちが強くなったの」

沙耶香さんは猛然と筋トレを始め、その成果あってぽっちゃりとした母親より洋服を二サイズほどダウンすることに成功した。

「以前はよく姉妹と間違えられたけど、今の私はあまりママと似てるって言われないな」

ドッペルゲンガーを見てから死ぬどころか健康的になったと言って、沙耶香さんは笑った。

ポップアップ

学さんが三十歳の誕生日を迎えた日の朝、いきなり目の前に白い長方形がポップアップの如く現れたという。

その長方形は〈飲み屋の看板くらいのサイズ〉で、実体ではないらしく、手を伸ばしても触れることはできない。

「バックライトの画面みたいでさ、うっすらと白く光って見えるんだ」

発光する長方形の中には、黒いゴシック体の活字が整然と並んでいる。

「少し背景が透けていて読みにくいのに、三秒ぐらいで消えちゃうから読むのが大変なんだよ」

そこには、これから起きる不幸が書かれている。

『自転車に衝突し怪我をする』のときは、深夜コンビニに行く途中で背後から無灯火自転車に当て逃げされ、軽い打撲傷を負った。

「これ予言？　スゲーと思って、喜んだんだよ。俺の秘められた超能力が発現したのかと思ったからさ」

『階段を踏み外して怪我をする』とあれば、三日ほどは昇降時に注意していたものの、気を抜いた四日目に通行人から肩を当てられて数段落下、足首を捻挫してしまった。

「いつ頃起きるかわかれば避けようがあるのに、最も肝心な日時がわかんないんだよね」

ポップアップの予言は必ず的中したが、事故が起きるのは掲示の翌日のこともあれば、一週間ほど経過してからのこともあり、期限はまちまちで法則性がなかった。

「予言を参考に注意したって結局は痛い目に遭うんだが、事故が起こるかもしれないぞって心の準備にはなった。これ、俺の守護霊が教えてくれているのかな?」

ポップアップのおかげで注意できていたからこそ、怪我も軽傷で済んでいると彼は予言をポジティブにとらえていた、のだが。

四ヶ月ほど経った夜、学さんから慌てた様子の連絡があった。

ポップアップがバグったのだという。

「長方形は目の前に出るんだけど、読めないんだよ。知らない字ばかりで一文字もわからない!」

内容もこれまでのように一行で未来を予言するのではなく、ハングルでもアラビア文字でもない未知の文字が、隅から隅まで長方形をぎっしりと埋めつくしているという。

「俺、どうなるのかな。これ、どうすればいいのかな？」

それから学さんと連絡が取れなくなった。メールはエラーで戻ってくるし、携帯電話は解約され、現在は使われていないようなのである。

つい、私は邪推してしまう。

ポップアップの送り主を彼は守護霊だろうと考えていたが、もし、それが予知ではなかったとしたら。

予言の送り主こそが、災いをもたらしていたのだとすれば、ポップアップの文言は大胆な犯行予告だったのではないか。

学さんからの連絡は途絶えたまま、三ヶ月が過ぎようとしている。

巻き戻し

広恵さんの祖父は幼い孫によく昔話を聞かせてくれたという。

「たいていは絵本で読んだような話でしたが、祖父自身の体験を語ることもたまにはあって……それがなんとも嫌な話だったんです」

異様な内容だったため、彼女は成人した後も祖父の話をときどき思い出す。

*

祖父が九歳のころ、村の子供五人で山に登ったことがあった。

「別に登るのはかまわないけれど、絶対に山頂まで行ってはいけなくて、途中で引き返さなければならないと言われていたんだそうです」

年下の者が迷子にならぬよう、先頭と殿《しんがり》を年長者が務め、お互いの腰を長い紐でつなぎ合わせて行ったという。

紐は地面に引きずるほど長く、ゆるく繋がれていたのでかなり余裕があった。

各自登るペースが異なるので、紐は間延びしていく。それをいいことに、真ん中にいた一人のやんちゃな子が自分の紐を解いて抜け出してから結び合わせ、裏道からこっそり先回りして仲間を驚かせようとした。

結果、その子は山の禁忌《きんき》を犯してしまったのだという。

年長の子が禁忌に触れた子を叱り、再び紐を結び合わせて皆で山を降りようとした。ところが、下っても下っても時間を巻き戻したように山頂付近に全員そろって戻ってしまう。

子供でも道の上下は容易にわかる。一本道を確かに下っているはずが、気づくと元の地点に戻っているので、一行は恐慌を来した。

望まずして同じ道程を何度も繰り返し歩かされ、子供たちの体力、気力はみるみる削られていった。

もうこれ以上は歩けないと感じたそのとき、リーダー的な存在の年長の子が〈禁忌を犯した奴がいたので下山できなくなったんだ〉と紐を解き、問題の子一人を木に縛りつけた。

「泣いて謝るその子を置いて下ったら、すんなり麓まで降りることができたんだ」

山を下りた祖父らは、その子が一人で山中にいることを大人に告げたのだが、村人の捜索にもかかわらず、その子は見つからなかったという。

「家族への手前、一応は捜索してる振りをしてはいたが、本当に危険な山頂付近には入れなかったからな。あいつはまだ、山にいるんだろう」

祖父はこの話を語るとき、哀れみとも蔑《さげす》みともつかぬ複雑な表情を浮かべていた。

「友達を見捨てて助かるなんて酷い話だと思いましたが、孫にそんな話をしたのは祖父なりの懺悔《ざんげ》だったのかもしれないですね」


昨年の夏、成長した広恵さんは彼氏と二人ミニバンで旅行に出かけた。

「私はそういうのあまり好きじゃないんですが、彼氏の趣味で廃墟巡りに行ったんです」

有名な廃墟を歴訪するうちに、彼氏は〈あまり知られていないレアな廃墟を発見したい〉などと言い出した。

辺鄙《へんぴ》な田舎をまわり、舗装されていない抜け道を見つけて車を走らせていくと、いつしか街灯の明かりもない暗い山道に至った。

不安がる彼女に配慮もせずに、運転席の彼氏は一人盛り上がっていた。

道なりに進むと、突き当りに崩れかけた小屋が見えてきた。

廃墟と呼ぶにはお粗末な掘っ立て小屋だったが、彼氏が〈なんとなくそそられる〉と主張してそこに車を停めた。

風雨と年月によりたわんだ木製の扉は施錠されておらず、最初から半開きになっていた。

意気揚々と扉を開けた彼氏の口から、ヒッと小さな悲鳴が漏れる。

中を覗くと床に人が倒れていた。

「四畳半の小屋の中に、すごく痩せた子供がいたんです。死体だと思って彼氏にしがみついたんですけど」

よく見ると、襤褸布に包まれた子供の胸腹部が微かに上下していた。生きている。

泥と埃で汚れた顔は少年か少女かの判別もつかないが、九歳か十歳くらいに思えた。

「君、しっかりして。お父さんとお母さんはどこ？」

子供は眠っているようにも見えるが、呼びかけに一切反応しない。

「意識がないみたい！　助けなきゃ」

救急車を呼ぼうと試みたが山奥のこと、携帯電話はあいにく圏外だった。

「あなたは頭を持って。私、足を持つから！」

広恵さんの頼みに彼氏は乗り気でなさそうだったが、彼女が再三促すとようやく子供を抱いて車に運んだ。

ミニバンの後部座席を倒し、フルフラットにして子供を寝かせる。

彼氏は運転席、広恵さんが助手席に乗り込み、出発しようと車のキーをひねった途端、目の前が砂嵐のようになった。

目を開くと、二人は黴臭い小屋の中にいた。

否、そこにいるのは三人だった。

傷だらけの子供は、先程と寸分違わぬ場所に同じ姿勢で倒れていた。静かに寝息を立てているのも同じだ。

「私には寝たり失神したりとか、意識をなくした覚えはなかったんですよ」

どういう理屈かわからないが、車に乗り込むのとシームレスに、次の瞬間、小屋に棒立ちしていたのだという。

広恵さんは、またも子供を病院に運ぼうと行動した。だが、結果は同じだった。

「このおかしな現象について彼と話し合わなきゃって頭では思うんですけど、なぜか言い出せなくて、前と同じ行動をトレースしちゃうというか、させられているというのか……」

それでも全く同じ行動が繰り返されるわけではなかった。

あるときは彼氏と二人で子供を運び、またあるときは彼氏が一人で子供を運んで車に寝かせた。

過程は違えど、車を発進させようとしたところで小屋に戻るのには変わりなかった。

何度か巻き戻しが繰り返されたところで、広恵さんは途方にくれてしまった。

もしかしたら、この子のせいで戻されるのでは。そう思って視線を遣ると、彼氏も同じことを考えているとぴんときた。

試しに子供を放置して広恵さんと彼氏だけで車に乗ると、エンジンはスムーズにかかった。

エンジン音の響く車内で振り返ると、そこにあった小屋が見当たらない。

「柱もかしいでいて、今にも壊れそうな小屋だったけど……車に乗るときに倒壊したんなら、屋根や柱とかが残りますよね？」

小屋があったと思しき辺りには廃材の一片も無く、見覚えのない雑草が豊かに伸び茂っているのみだった。

広恵さんが首を傾げていると、彼氏が車を急発進させた。

「あんな小汚《こぎたね》ぇ爺《じじい》、よく車に乗せようと思うよな！」

「えっ、爺？　年端もいかない子供だったじゃない」

広恵さんが反論すると、〈どう見ても爺だったろ、ちょっとお前おかしいよ〉と吐き捨てるように言って彼氏は車のスピードを上げた。

帰り道、彼女は彼氏から延々と愚痴を聞かされた。

行き倒れを俺の愛車に乗せようとするなど許せない、お前の車なら好きに乗せればいいけれど俺の車が汚れても平気なのか？　などと彼氏は広恵さんを責め続けた。

「それで、彼がけちくさい人だったと気づいて嫌になってしまいました」

自宅付近で車から降ろされたとき、疲れ果てた彼女に他者を思いやるだけの気力は残っていなかった。

「傷だらけの子が気にならなかったと言えば嘘になりますけど、あの子は何か触れてはいけない存在のような気もして、それきりです」

　後日調べたところ、件の小屋があった場所は、彼女の祖父の出身地に近いことがわかった。

　小屋の中にいた子供は昔置き去りにされた祖父の友人だったのではないかと広恵さんは考えている。

「あの子、本来の年齢は祖父と同じくらいだから彼氏にはお爺さんに見えたのかも……祖父の孫である私にだけは、かつての若い姿を見せたんじゃないかと思うんです」

　当事者に照会したいところだが、彼女の祖父は数年前に亡くなったという。

　広恵さんは確認のために小屋を再訪したがっていたが、〈今度は帰れないかもしれませんよ〉と忠告しておいた。

タンブルウィード

「妙に存在感のある十五センチほどの髪の毛が、歩いたら足の裏にまといつくほどに部屋に散らばっていたんです」

初めて訪れた彼氏のマンションに、やたらと女性の髪の毛が落ちていたのだと孔美さんは言う。

「浮気じゃないってことはわかってたんです。私、そういうの〈見える〉ので」

それは同じ人物のものらしき、黒々と太く艶のない髪の毛だった。

「付き合ってる彼女が初めて自宅に上がるなら、当然掃除くらいするでしょ。だからその髪の毛は、普通のやり方じゃ片付かない存在なんですよ」

振りまかれた毛髪を気にも留めず、平然と過ごす彼氏の様子を見て、その髪の毛が見えているのは自分だけなのだと彼女は悟った。

「そりゃ気持ち悪いですよ、そんなのを見ちゃったらね。でも、私さえしっかりしていれば大丈夫だろうと当時は思ってしまったんです」

掃除も及ばぬ髪の毛に対して彼女ができることは、存在を無視することくらいだった。

「髪質が似てたので、彼と血のつながった誰かの生霊かな、と予想してたらビンゴでした」

彼氏の方がなるべく孔美さんの家に来る形で交際は進み、結婚を意識し始めたころ、彼の母親に二人で挨拶に行く運びとなった。

女手一つで彼を育てたという母親は、年齢からすると不自然なほど真っ黒に髪を染めていた。

「ひと目で〈あっ、これだ。この人の髪だ〉とわかりましたね」

孔美さんとのデート中もたびたび母親からの電話に出て話し込んだり、母親に〈おやすみコール〉と称して毎晩電話するなど、彼氏にはマザコンらしき点が多々あった。

「彼はレディファーストが身についてて、優しい人でしたから。駄目なところがあっても見て見ぬふりをしていたんです。惚れた弱みでしたね」

ある日、孔美さんは彼氏のマンションの合鍵を渡された。

「私の方が仕事終わるの早かったので合鍵で部屋に入った初日、玄関でお出迎えされたんです。ころころと転がってくる黒い物に」

無人の部屋から漆黒の髪の毛が、マリモの如き球体となって幾つも廊下の奥から転がり出てきたという。

彼氏のマンションに滞在している間、髪の球は折に触れて足元に転がるなどして存在を主張し続けた。

「寝ている無防備なときに何かされたら嫌なので、その日は泊まる予定でしたが変更して日帰りにしましたね」


だが、孔美さんがスルーしているうちに、事態は悪化していった。

「二度目に彼の部屋を訪ねたら、野球のボールサイズの髪の塊が出迎えてくれました。見えてないふりして上がりましたけど、足首にまとわりついてうっとうしかったですね」

髪の塊は出迎えているのではなく、その逆だ。孔美さんを彼氏のマンションから排除したいのだ。

彼女はだんだん彼氏の家を訪問するのが憂鬱になっていった。

「私だって、こんなのはお母様の思いが凝固して見えてるだけで、実害があるものでもないから我慢してたんです。彼はこういうこと一切感知しない人なので、相談もできなかったですし」

三度目に訪ねたとき、無人の部屋から転がってきたものを見て、孔美さんは思わず逃げ帰ってしまった。

「西部劇のタンブル・ウィードみたいな、人の頭ほどの髪の毛ボールがごろごろ出てきたので。実体じゃないってわかってても、嫌さにキャーって叫んじゃいましたね」

四度目に訪ねたとき、髪の毛の球こそ出てこなかったが、それが最後の訪問となった。

孔美さんを出迎える彼氏の頭が、異様に大きく見えた。

通常の人の二倍はあろうかという彼氏の頭を凝視すると、巨大なコブのようにもう一つの頭が本来の頭と重なって突き出している。彼女は、すぐにそれが実在の頭ではないと見てとった。

二つ目の頭には顔こそ見当たらないが、そこから見慣れた黒い髪がはらはらと散ることから、それが彼氏に執着している母親の生霊なのだと直感した。

もう、無理。

彼女は合鍵を返却し、彼氏と別れることに決めた。

「浮気とか、対等な彼女の立場でなら私も戦いますけど、母親ではどうにも……」

母親の息子愛が強すぎて怖いのだと彼女は言う。

「彼は母親に精神的にべったりでしたから、私に勝ち目はないでしょうね。あんなおっかない女性と勝負するのは御免ですから、私の負けでいいです」

親は先に死ぬから我慢して待てば？　と女友達からアドバイスされたこともあった。

「生きてて肉体の制約があってもこんなにウザい人なら、死んだらどんだけ……？」

想像したら忍耐の限界だったという。


現在、広恵さんは実家に家族と同居している。

彼女のワンルームマンションにまで、あの見覚えのある黒い髪が侵入してきたからだという。

「私は別れたつもりなんですけど、彼はまだ納得してないみたいで。彼が私に執着してるうちは、お母様からの攻撃が私に向き続けるでしょう？　だから夜逃げみたいにマンションを引っ越して、実家の住所は彼に教えていません」

幸い、実家にはまだ髪の球は現れていない。

鈴木呂亜

ロシアの塔と地下鉄には

先日刊行した自著『社怪ノ奇録』では「アメリカ横断怪奇ツアー」と銘打って米国全州の奇妙な噂を紹介した。さすがは世界有数の大国、噂も多種多様である。

ならばもうひとつの大国、ロシアはどうだろう。アメリカの場合は噂もどこか牧歌的な雰囲気を漂わせているのに対し、ロシアの場合は国土同様に噂も仄暗《ほのぐら》い印象がある。「面白いね」と笑い飛ばせぬ、日陰のような寒気を帯びた噂が多い。二つの場所にまつわる噂を通じ、今なお闇の深い国を少しばかり覗いてみたい。

東京にスカイツリーがあるように、モスクワにはオスタンキノ・タワーがある。高さ五四〇メートルの電波塔は「古い墓地跡に建てられた」と伝えられており、それゆえ奇妙な噂も多い。とりわけ有名なのは「オスタンキノの老婆」だろうか。

五世紀ほど前、ある貴族がオスタンキノの地を開墾しようとした際、ひとりの老婆が彼のもとに現れ「ここは死者が眠る地だ。耕すべきではない」と忠告した（オスタンキノとは「亡骸《なきがら》」という意味である）。しかし貴族は老婆の言葉に耳を貸さず、彼女を村から追い払ってしまった。横暴な態度に激怒した老婆は死後もたびたびオスタンキノに姿を見せ、災いを予言するようになった。

一八〇〇年、ロシア皇帝パーヴェル一世はオスタンキノを訪れた際、見知らぬ老婆から「あなたは春まで生きられないでしょう」と告げられた。果たして翌年、皇帝は春を目前に控えた三月の夜中、士官によって暗殺される。一八八〇年には、同じくロシア皇帝のアレクサンドル二世がオスタンキノへ立ち寄った際、老婆に「無神論者に殺されるでしょう」と忠告された。翌春、彼は無神論者を標榜する組織に爆弾で暗殺されている。「二百年前の話なんて昔話と一緒じゃないか」と笑う方には、近年の事件を紹介しよう。一九九三年、オスタンキノ・タワーから目と鼻の先にある放送センターで大規模なクーデターが発生、四十六人が死亡した。この出来事より数日ほど前、建物の周辺で「ここは血の匂いがする」と叫ぶ老婆が目撃されている。さらにはクーデターから二年後、この放送センターに勤めていた革新派ジャーナリストのヴラド・リスチェフが暗殺される数日前にも、見知らぬ老婆が施設前に姿を見せ彼の死を予言したという。そして二〇〇〇年、オスタンキノ・タワーが大火災に見舞われた前日には、多数の人が燃えさかる塔の真下に立つ老婆を目にしている。ちなみにこの火事では三人が亡くなった。

老婆は、半世紀に渡ってオスタンキノをさまよっているのだ。

だが、モスクワの伝説を研究するヤナ・シドロワ氏によれば、本当に怖いのは老婆ではなく「この噂がどのように広まったか」だという。シドロワ氏いわく、オスタンキノの関係者はこれらの噂を意図的に拡散しているらしい。その理由は隠蔽防止。この地で起こった悲劇を国家が隠蔽しないよう、噂の形で語り継いでいるのだそうだ。民衆は、災いを告げる奇妙な老婆より、すべてを闇に葬り去る国家に恐怖しているのである。


オスタンキノ・タワーでモスクワの俯瞰を楽しんだ後は、地下に潜るとしよう。

ロシアを初めて訪れた者は、モスクワ地下鉄の駅に例外なく感動する。各駅はシャンデリアやステンドグラス、彫刻やモザイクで彩られ、ミュージアムか宮殿さながらの豪華絢爛さを誇っている。同じ造りの駅は一つとして存在せず、この駅を目当てにロシアを訪れる旅行者も少なくない。

だが、あまたの利用客が行き交うモスクワ地下鉄では、それに比例して多くの悲劇も起こっている。ロシアの日刊紙イズベスチヤによれば、モスクワ地下鉄では年間およそ百五十人の市民がプラットホームから転落死しており（うち半数は自殺、残りは事故や他殺だとされている）負傷者は千五百人以上にのぼるという。そのような場所に奇妙な噂が生まれないはずがない。

とりわけ十代から二十代のモスクヴィッチ（モスクワっ子）の多くは、とある噂を信じている。九月九日の深夜零時以降に、「オレンジ路線」と呼ばれる6号線の列車には乗ってはいけないのだという。もちろん、それには理由がある。

一九九九年九月九日、この路線を走っていた26498番という車両で五人の女性が揃って失神した。彼女たちは全員、列車の窓に映る若い女性の顔を目撃し、あまりの恐怖に気を失ったのである。その後調査してみると、ちょうど一年前の九月九日、この路線上にあるヴェデンハ駅のプラットホームで彼女らと同年代の女性が意識を失い線路に転落、電車に轢かれ即死していた事が分かった。窓に映ったのはその死んだ女で、自分の命日と死んだ時の状況を知らせるために、同年代の女性を狙い意識を失わせるのだという。

また、モスクワ南東のアヴィアモトルナヤ駅には「手のない血まみれ幽霊」が現れるといわれている。当駅では一九八二年、構内のエスカレーターが凄まじい速度で暴走。

将棋倒しになった百人以上が次々と潰れ、八人が圧死する大惨事となった。

当局が事故の詳細を隠蔽したため、市民は「犠牲者はエスカレーターの駆動部分に吸い込まれバラバラになったらしい」と噂しあった。手のない幽霊は、その事故の犠牲者なのだというのである。

公式には駆動部分で体を切り刻まれた人間はいなかった事になっている。だが、事故そのものを隠そうとしていた当局の発表を鵜呑みにして良いものだろうか。手のない幽霊こそが、何よりの動かぬ証拠に思えてならないのだが。

やはりロシアの闇は、我々が思う以上に深くて暗いのだ。

魔女の殺人

悪名高き「ゾディアック事件」をはじめ、世界には数多くの未解決殺人事件が存在する。次に紹介するのはそんな中でもとりわけ奇妙な、謎と恐怖に満ちた殺人だ。

一九四五年、イングランド中部のクイントンという村で一人の男性が殺された。

被害者の名はチャールズ・ウォルトン。かつては馬の調教師で、現在は姪とコテージに暮らしながら住民の農作業を手伝っている七十四歳の老人である。性格はきわめて温厚、周囲の評判も良好な好々爺だが、その死はおだやかな彼に似合わぬ陰惨なものだった。

二月十四日、奇しくも聖バレンタインデーの夕方。いつもなら帰宅する時間になってもウォルトンは帰ってこなかった。姪は「持病のリウマチで歩けなくなったのでは」と案じ、近所の住民二人と農場まで探しに出かけた。

霧の濃い日だった。おまけに冬の夕暮れ、すでに陽は落ちている。視界がきかない中、松明を手に捜索していた姪たちは、まもなく変わり果てたウォルトンを発見する。

彼は、喉を鋭利な刃物で切り裂かれ絶命していた。おまけに胸には十字架を象《かたど》った傷がつけられ、その首にはピッチフォーク（藁を鋤く農具。食器のフォークの語源である）が深々と刺さっているではないか。ピッチフォークの先端は地面に十五センチもめり込んでおり、死体を固定する形となっていた。

死因は、鉈で三回に渡って喉を切られた事による失血死。致命傷以外にも、胸部や頭蓋骨に暴行の痕があり（彼自身の杖で殴打されたとみられている）、肋骨に至っては複数本が激しく折れていた。所持していたはずの懐中時計だけが、行方不明になっていた。

田舎町にそぐわぬ、おまけにバレンタインデーという聖日の惨劇。英国中がこの事件に戦々恐々となった。やがてスコットランド・ヤードから、敏腕として知られるファビアン刑事が派遣される。名刑事の登場に、好奇心旺盛なロンドン市民の多くは「すぐに事件は解決するだろう」と楽観視し、少しばかり残念がっていた。

ところが捜査は予想外に難航する。五百人あまりの付近住民、そして何より地元警察が取り調べに非協力的だったからだ。その理由を探るうち、ファビアンは奇妙な「三つの事実」を突き止める。

まず、ウォルトンは周囲の住民から「不思議な能力を持つ人物」として認知されていた。何と彼は動物と話す事ができ、おまけに動物を意のままに操る力を持っていたというのだ。

その様を見た人物は、ファビアンに「まるで魔法のようだった」と証言している。事実、住民の中には「彼はウィッチクラフト（邦訳では魔女だが、元は男女問わず魔術を使える人間を指す）だった」と断言する人間もいた。つまりウォルトンの死は「魔女狩りだ」というのだ。

そして、事件の前後に周囲で「黒い犬」の目撃情報が多く寄せられた事も住民の沈黙に一役買っていた。イングランドでは、黒い犬は地獄から訪れる不吉の象徴とされており、何か悪い事が起こる前後に出現すると信じられていた。複数の住民がこの黒い犬を事件の直後に見ていたため、災いを恐れて口を開こうとしなかったのである。

実はファビアン自身もこの「黒い犬」を目撃している。ある日の夕方、捜査中だった彼のすぐ脇を黒犬が走り抜けていった。その直後、犬が走ってきた方角から、今度は一人の青白い顔をした見知らぬ少年が歩いてきた。ファビアンが「あの犬は君の飼い犬かね」と聞くと、少年は来たばかりの道を引き返し、逃げ去ってしまったという。

きわめつけは、捜査中に偶然発見された一冊の古い本だった。一九二九年にジェームズ・ハーヴェイ・ブルームという男によって書かれた「シェイクスピアの国の風習と迷信」というその本には、以下のような記述があったのだ。

〈一八七五年、ジョン・ヘイウッドという青年が、近所に住む老夫人のアン・テナントを魔女だと思い込んで殺害したかどで処刑された。ヘイウッドはアンが村に呪いをかけたと信じ、その呪いを解くため老婆の首に三つ叉のピットフォークを突き立て地面に固定し、彼女の胸に十字形の切り傷を残した。これは当時、魔女狩りの一般的な処刑方法だった〉

ファビアンは驚愕した。老婆の処刑方法がウォルトンの殺され方と一緒だったからだ。

だが続くページを読んだ時、彼はさらに驚き、戦慄する。

〈一八八五年、一人の青年が、クライトンという村で黒犬を従えた首のない女を目撃した。この地域では、黒犬は不吉の兆候、首のない女は魔女だと信じられていた。はたして獣を見た直後、青年の妹は急死している。青年の名前はチャールズ・ウォルトンという〉

本に記録されていた青年は殺された老人と同姓同名、おまけに住んでいた場所も一緒。事件から六十年前の出来事と考えれば、本人である可能性が高い。哀れな老人は、自分が殺されるより以前に地獄の犬と遭遇し、魔女に魅入られていた事になる。

動物を操る老人、黒い犬、古い書籍との奇妙な符丁。謎は十分すぎるほど揃っていたが、犯人に至る手がかりは見つからず、住民や警察も口を閉ざしたままだった。

結局、ファビアンは事件を解決できぬままロンドンへと戻った。その後も、彼は頑なに「魔女狩りに偽装した単純な殺人だ」と主張していたが、のちに出版された回想録では、「ウォルトンは魔女で、村人全員によって殺された」との意見を述べている。

温厚な老人は本当にウィッチクラフトだったのか。誰が、何のために彼を殺したのか。真相は闇に葬られたままだ。

ちなみに行方不明となっていた懐中時計は、一九六〇年にウォルトンのコテージで発見されている。殺人の際、このコテージも警察が大規模な捜索を行っている。もちろん、その時には発見されていない。これは、いったい何を意味するのだろうか。

幽霊ボート

たまには怪談本らしく幽霊の話をしよう。
かつて噂となった、奇妙な幽霊の話だ。

一九五四年一月、徳島県の競艇場でちょっとした騒ぎが起こった。ボートレースの判定写真に、どの選手のものでもない真っ黒な船体がハッキリと写っていたのだ。奇しくもこの一ヶ月前、佐賀県の競艇場で一人の選手が練習中に事故死していた。人々は「このボートは彼で、幽霊となって現れたのではないか」と囁きあった。

これだけで終われば、不思議な事もあるもんだという程度で済んだかもしれない。だが「幽霊ボート」は二ヶ月後、再び競艇場にその姿を現したのである。幸か不幸か、黒い船が判定写真に写ったのは市長賞をかけた注目度が高いレースだった。そのため多くの観客が「幽霊ボート」を目撃。競艇場は大パニックとなったのである。

地元新聞は一連の騒動を大々的に取り上げ、何と地元市議会でも「幽霊ボート」が議題になった。質問を受けた市の助役は「これは蜃気楼に似た現象でしょう。他県の判定写真でも良くあるものです」と答弁した。

だが、騒動は収まらなかった。さらに二ヶ月後の五月、今度は隣県の競艇場で同じ「幽霊ボート」が判定写真に写り、またもや地元新聞が「殉職選手の亡霊か?」との記事にしたからである。しかも当時の気象は蜃気楼が発生する条件ではなかった。

騒ぎはやがて、「内外タイムス」「週刊サンケイ」「東京毎夕新聞」など全国紙までも取り上げるほどになり、日本中の注目を集める事になった。「東京毎夕新聞」は記事の中で判定写真の専門家による見解を掲載。彼は「レース場の日付台にかかった飛沫が鏡のような状態になり、その前を通過したボートが反射したのだろう」と語った。

ところが、この意見に全国モーターボート競走連合会の業務部長が反論した。「昭和二十九年の初開催から現在まで、レースはのべ一万回も以上行われている。もし日付台が原因なら、一万枚以上の写真に全く撮られていないのはおかしい」というのだ。すなわち、当事者が「幽霊ボート」を認めたという事になる。

かくして賛否を問わずさまざまな意見が交わされたが、人の心は移ろいやすいもの。

やがて「幽霊ボート」騒動を語る者は減り、人々は奇妙な写真の事を忘れていった。

ところが最初の騒動から九年後の一九六三年七月、事態は思わぬ展開を見せる。徳島県の競艇場でのレース中、一人の選手が柱に激突して死亡したのである。柱は、まさしくあの「幽霊ボート」を撮影した写真判定用の柱。そして事故死した選手は、九年前に亡くなった選手と同郷だった。人々は「最初に死んだ選手があの世へ連れていったのではないか」と噂したそうだ。

当時の写真は、現在でもネット上で見る事ができる。

私（鈴木）も確認したが、蜃気楼や鏡の反射とは思えないほどハッキリ写っている。幽霊も怪談もあまり興味はないが、不可解なものがこのように記録として残り、噂として語り継がれていくのは非常に面白い。

乳佛

ある男性が少年時代の夏、父に連れられて父の遠縁が住む小さな村を訪ねた。村に行ったのはその夏限りの事だったが、父はその理由を教えてはくれなかった。母と妹、乳飲み子の弟は家で留守番をしていたのが子供心にも引っ掛かっていた。

村に同年代の子は何人か居たが、遠巻きにこちらを見るばかりで、声をかけてくる素振りもない。父をはじめ周りの大人たちは、食事の時以外ほとんど家に寄り付かなかった。大人は祭りか何かの支度をしているようで、村外れにある竹林の手前にトラックや自転車ががちゃがちゃ停められていた。広くて古い家に一日中置かれているのは退屈で仕方がなかった。

村を訪れて四日目、暇潰しに草むらで一人遊んでいた彼は、突然激しい痛みに襲われた。足首に血の玉が二つ浮いている。灰色の蛇が彼の爪先を乗り越えて、茂みの奥に消えていった。咬まれたのだと気付き、少年はパニックになった。

大人たちに何とかしてもらおうと思い、彼は村外れに急いだ。自転車を蹴り倒しながら竹林へ踏み入ると、数名の村人が何かを取り囲んでいる。父のシャツも見えた。村人は、図鑑で見たアフリカの蟻塚に似た土の塔に顔をくっつけていた。凝視すると、土の塔は粗《あら》く彫られた木製の仏像だった。その体には冬瓜《とうがん》のような乳房がいくつもぶら下がっていて、大人たちはそこに口を付け一心に吸っていた。彼らの唇の端からは、薄く黄色がかった乳白の液体が垂れていた。

覚えているのはそこまでだった。どうやら蛇の毒で昏倒したらしく、気付くと病院のベッドに寝かされていた。咬んだのはマムシで、あと少し発見が遅れれば命が危なかったのだと医者が話してくれた。

村にはその年限り訪ねていないので、あれが本当の出来事だったのかどうかは分からない。男性は一度だけ父に聞いてみたが、無言で殴られたので、その後は一度も尋ねなかった。父は十年以上前に死んだので真相は不明になってしまった。

以上は数年前、噂の蒐集とは別な趣味の集まりで聞いた話だ。

マムシに咬まれた当の男性は、現在三十代後半。年齢を考えると「乳佛（筆者命名）」と遭遇したのは、九〇年代半ばである可能性が高い。奇妙な風習が（彼の幻覚でなければ）つい最近行われていた事実にも驚くが、私は別な点に注目した。この話と関係のありそうな事件が、同時期にインドで起こっているのだ。

一九九五年の九月二十日、インドのニューデリーに住む男が奇妙な夢を見た。象の顔をしたインドの神・ガネーシャが夢に出てきて「牛乳が欲しい」と訴えて消えたのである。目を覚ました男はすぐに近所の寺院へ駆けつけると、僧に願い出てガネーシャの像に牛乳を与えた。すると、スプーンですくって口に近づけた牛乳を、ガネーシャが吸い込んだのである。

この奇妙な出来事はすぐにインド中が知るところとなり、寺院には長蛇の列が出来た。だが、事態は更に奇妙な展開を見せ始める。各地の寺から「うちの寺に祀られているガネーシャも牛乳を飲んだ」との報告が相次いだのである。これにより数百万人が家や寺院に置かれた神像に牛乳を捧げる事態となった。

更に、騒動はインドだけで終わらなかった。ヒンズー教徒の多いイギリスでも、ロンドンのヴィシュワ寺院やマンチェスターのバハバン寺院などで同様の奇跡が起こったのだ。デイリーエクスプレス紙やタイム誌などの記者がこの模様を目撃。口を揃えて「目の前で本当にスプーンの牛乳が消えた。調べてみたがトリックは発見できなかった」と報告している（ちなみに彼らはキリスト教徒で、ヒンズー教を信仰していない）。

やがて騒動は鎮静化したが、現在も時々「ガネーシャが牛乳を飲んだ」というニュースがインドの紙面を飾る事がある。原因は今も分かっていない。

この「牛乳を飲む神像」事件が起こったのは一九九五年。そして、冒頭の話も同時期の九十年代半ばである。もしかして「乳佛」の乳房から垂れた白い液体は、ガネーシャの吸った牛乳なのではないか。時空を超え、海の彼方にある異国から届いたものなのではないか。そんな想像が膨らんでしまう。

もしも、仏像から溢れる乳白色の液体を目撃した場合は、そっと口を近づけてみる事をお薦めしておく。それは、奇跡の味がするかもしれないのだから。

奇妙な牛の話

引き続き、動物に関するインドの話題を紹介したい。登場するのは象と並んでインドでは代表的な動物、牛である。

タイムズ・オブ・インディア紙は二〇一七年、インド国内での牛による事故が増加傾向にあるとの記事を発表した。インドではヒンズー教の教えによって牛が神聖な動物とされており、殺したり食べたりする事が禁忌となっている。特に現在の首相であるナレンドラ・モディはヒンズー至上主義を掲げており、そのため近年は神獣の保護にますます拍車がかかっている。

そんな風潮を反映してか、西部のグジャラート州では牛を殺した場合の刑罰を終身刑に引き上げた。ウッタル・プラデーシュ州では世界初となる牛専用救急車が登場。一日に平均二十五頭を救護するほどの盛況ぶりを見せているという。

だが、そのような過度の保護が頭数を著しく増加させ、現在では約三百五十万頭の野良牛が都市部をうろついている。冒頭に紹介した記事は、そんな現状に対する警告なのだ。牛に関する事件も増えている。二〇一五年には「自宅に牛肉を隠している」との噂により男性が集団リンチで死亡。一六年には野良牛にクラクションを鳴らした男性が暴行されて片目を失明、一七年には牛を輸送していた男性がヒンズー教徒の男性に殺されている。

人間が牛に手を出す事は許されないが、怪物にそんな理屈は通用しない。

二〇〇七年、ニュー・インドプレス紙がカルナータカ州で起きた奇妙な事件を報じている。この年の十月十八日、同州ウピナンガディ市に住むアナンドという男性が、飼い牛たちを森に放牧させていた。するとその中の一頭が突然、大木の枝に巻き付かれ、空中高く持ち上げられてしまったのである。驚いたアナンドは村へ引き返し、村人たちに救援を頼んだ。皆が現場にやってくると、牛は依然として樹木に絡みつかれたままだった。村人たちは全員で鉈を振るって枝を落とし、樹木を切り倒した。完全に伐採されると、ようやく牛は解放されたという。

この記事を受けて、今度は西インドのテレビ局「ダイジ・ワールド」が現地へ取材に訪れた（この時のニュースは現在も大手動画サイトに掲載されている）。

彼らのインタビューに対し、村人は「肉食樹は地元でピリマラ（虎の樹木）と呼ばれるもので、三十年ほど前にも別なピリマラの木が雄牛を殺した」と述べている。また「放牧した牛が正体不明の怪我を負っている事があった」「これを防ぐには、ピリマラになりそうな木（特定の種類ではないらしい）に鎌を突き刺しておけば、それを防ぐ事ができる」とも証言した。

到底信じられない話だが、牛が樹木で命を落としかけたのは事実なのだ。

二〇一七年には、先のウッタル・プラデーシュ州で奇妙な牛が話題となった。ある農場で生まれた一頭の仔牛が、人間にそっくりな顔をしていたのである。察しの良い方はお気付きだろうが、これは日本に昔から伝わる妖怪「くだん」と全く同じ姿なのだ。「くだん」は生まれた直後にこの先起こる災いを予言し、その後すぐに死んでしまうといわれている。インドの「くだん」は、残念ながら予言こそ口にしなかったものの、やはり誕生から一時間ほどで死んでしまった。

ところが、ここからがいかにもインドらしい。翌日になると「牛はヴィシュヌ神の生まれ変わりだ」と信じた近隣住民が、ひっきりなしに参拝へ訪れるようになったのである。死骸は三、四日ほどガラスの箱に保管されていたが、あまりに腐敗がひどいため荼《だ》毘《び》に付された。その間に訪れた参拝者は、何と数千人にも及んだという。現在、村では今もなお訪れる数多くの参拝者を迎え入れるため、仔牛を祀った寺院を建設しているそうだ。

インドでは、このような「神がかった牛」が珍しくない。

二〇一四年にはイギリスのデイリー・メイル紙が、インド南部のタミル・ナードゥ州で「三つ目の仔牛」が誕生したと報じている。大手動画サイトに投稿された映像を確認してみると、確かに茶と白の柄をした可愛らしい仔牛の額に、カエルの卵のような眼球がある。インドで信仰されているヒンズー教の神・シヴァが三つ目である事から「この牛はシヴァの生まれ変わりではないか」と評判になり、噂を聞きつけた人々が、礼拝に押し寄せる事態となった。

二〇一九年には、西ベンガル州で「一つ目の仔牛」が生まれ、動画がネット上に投稿されて話題となった。真っ黒な仔牛の顔の真ん中には、タピオカを大きくしたような眼球が突出している。鼻も欠損しており、仔牛は舌をベロベロ出しながら苦しそうに口で息をしているのが映像でも分かる。これは「単眼症」と呼ばれる先天的な障害と思われるが、やはりこちらも神の使いとして崇拝を集めているという。

ちなみに中国の「山海経」に記されている蜚という怪物は、一つ目の牛の姿をしている。記述によればこの蜚が歩いただけで草が枯れ、河川は干上がり、疫病が人々を苦しめるそうだ。

昨今の異常気象をもたらしているのが「一つ目の牛」でなければ良いのだが……。

吉澤有貴

スーパーボール

東北地方に住むCさんの話である。

彼女は、Fちゃん四歳とEちゃん二歳、二人の女の子の母親だ。

「子どもって、何でも口に入れるから、気が抜けないですよね」

長女は四歳なので、何でも口に入れる時期は過ぎたが、次女はまだ二歳。入れたい盛りである。

「だから、家に小さなおもちゃは置いてないんですよ。長女の時に何度もヒヤっとする目にあったので。夫が昔集めていた動物のミニチュアを口に入れた時は大慌てでした」

それ以来、おもちゃや雑貨類を買う時には慎重になっているという。

「下の子が出来たら今度は、上の子が持ってきたものもあるので」

これもまた気をつかう。幼稚園に通っているFちゃんは園庭に落ちているドングリを拾ってきたり、ビーズで作った腕輪を持ち帰ってくる。

「うれしいけど、Eの手の届かないところに置かないといけないので、Fには悪いな、って思ってたんです。安全と子どもの気持ちとの兼ね合いが難しいなって思ってました」

そんなCさん一家は毎年夏、夫の実家に帰省してお墓参りをしている。

親戚と集い、水をかけて墓を掃除してから、お供えものの折り詰めを置く。

お坊さんにお経を上げてもらうと、お墓の前でビニールシートを広げ、墓前に供えたのと同じ折り詰め弁当を皆でつつく。親戚一同で行うので十人近くになるという。

「最初は驚いたんですけど、夫の地方じゃ当たり前のことらしいですね」

幾度か繰り返すうちにCさんもこのしきたりに慣れた。

Cさん夫婦は親戚と歓談し、その間、子どもたちは墓場でのびのびと遊ぶ。

「私も油断していたんです。車道からも離れているし、大丈夫かなって」

Fちゃんはお墓の通路にいるバッタを追いかけたり、一足早く飛んできたトンボを眺めたり、気ままにすごしていた。

「他の家のお墓の敷地に入った時は大きな声を出して叱ったんですが」

それ以外、危ないこともなく終わった。

後片づけをしていると、Fちゃんが戻ってきた。手には何かを握っている。

「ああ、しまったな、と思いました」

Ｆちゃんが握っていたのは直径三センチほどのスーパーボール。

小さくともよく跳ねる、昔からあるおもちゃのボールだ。Ｃさんも子どものころ、よく遊んだ。しかし、子どもがそれで窒息する事故もあり、親となったＣさんにとっては警戒すべきものとなっていた。

「お墓にあるものだから、返そうね、といっても聞かなくて……」

仕方なく持たせたのだが――。

後部座席にはＦちゃんとＥちゃんのチャイルドシートとベビーシートが並んでいる。運転席には夫、助手席にはＣさんが座る。この状況で後部座席をずっと見ているのは難しい。

万が一ＦちゃんがＥちゃんにスーパーボールを渡してしまったら大変だ。

「おうちに着くまではママが預かるから」

と、Ｆちゃんの小さな手から、ボールを取ったところ――。

Ｆちゃんがわめきだした。返せ返せ返せ――。

普段、おとなしいＦちゃんらしくない、珍しい怒りようだ。その様子に夫も驚いたようで、Ｃさんにボールを返すように言ったが、Ｃさんは返さなかった。

「安全が一番だから、そこは譲れませんでした」

義実家についたFちゃんは、義母が冷やしておいたスイカで機嫌を直し、スーパーボールのことは忘れたようだった。

気疲れと旅の疲れで、Cさんはその夜、早めに就寝した。

傍らにはFちゃんとEちゃん。その向こうに夫。

疲れて眠っていたいのに――Cさんは妙な音で目が覚めた。

ボンボンボン……。

薄目を開けた。隣には仰向けで寝息をたてるEちゃんがいる。

しかし、その向こうにいるはずのFちゃんの姿がなかった。

驚いて半身を起こすと、枕元にFちゃんが立っている。

ほっとしたのも束の間。Fちゃんの異様な姿に背筋が冷たくなった。

Fちゃんは音がたつほど強くボールを畳に投げる。跳ね返って弾む小さなスーパーボールを器用にキャッチして、また投げていた。

「感情がないっていうか……いままで見たことない表情でした」

奇妙だったのは、Fちゃんがスーパーボールを持っていたことだ。

車に乗るときFちゃんから取り上げたスーパーボールは、Cさんのショルダーバッグに入っている。バッグは鴨居につけたフックから下げていて、Fちゃんが背伸びしても届く位置にはなかった。

暗闇に、ボンボンボン……と音が響く。Cさんは起きあがって、Fちゃんにやめるよう言った。しかし、無言のボール遊びは続く。

「夜も遅いし、Fには悪いけど私がまたボールを取り上げたんです。そうしたら」

ママきらい、ママ死ね……といったいつもは言わないような言葉を放ち、Cさんにしがみつく。しまいには噛みついた。

普段の娘とのあまりの違いに、Cさんは戸惑った。

夫が抱っこすると、怒り疲れたFちゃんが眠り――騒ぎはおさまった。

翌日から、Fちゃんのスーパーボールへの執着は強くなった。食事も、お風呂も、トイレも、常にボールをつかんでいた。暇さえあれば、家中のどこででも弾ませる。

ボンボンボン……。義父母の家にこの音が四六時中響いていた。

その間、Fちゃんは無言。ただひたすらスーパーボールを弾ませる。

Cさんは不気味なものを感じたが、かんしゃくを起こされたら面倒だ、という夫の言葉で様子を見ることになった。しかし――。

「遊びがエスカレートしていったんです」Cさんは暗い表情で言った。

Eちゃんのそばで遊ぶのを禁止しているのに、昼寝をしているEちゃんの顔の真横で弾ませはじめた。

それも力一杯床に投げつけ弾ませ、ボールをつかんだらまた同じことを繰り返す。

ドン……ドン……。ボール遊びの域を超えた音がEちゃんの顔のそばで鳴る。

Eちゃんは、音と姉の様子に驚いたのか、激しく泣いた。

CさんはFちゃんを叱り、ボールを取り上げた。

義母に頼んで、Fちゃんにわからないようにボールを捨ててもらった。

「かなり泣かれましたけど、これで終わるからいいんだって思ったんです」

しかし、その夜。Fさんは奇妙な音で目を覚ます。

ボフッボフッ……。

Eちゃんが手足をバタつかせている。

「E！」口の中に何か入っていた。夫も慌てて飛び起きる。

CさんはEちゃんを膝に乗せて、背中をたたいた。

口から飛び出たのは――。

「あのスーパーボールでした」

Fちゃんはこの騒ぎの中でも寝息をたてていた。

騒ぎを聞きつけた義父母もやってきた。

話を聞いた義母は青ざめた。スーパーボールはゴミ袋に入れ、収集所に置いてきたはずだという。Fちゃんは収集場所すら知らないはずだし、ゴミはすでに収集されている。

一通り話を聞いた義父の提案により、スーパーボールとFちゃんを連れて夫の実家の菩提寺に行き、お経をあげてもらった。

それで怪異はおさまったが――。

「でも、相変わらず何か拾ってくるんです」

この間は公園で見つけたビー玉を持ってきた。

「Fが丸いものを拾ってくると、あのことを思い出して」

ちょっと憂鬱になりますね――と、Cさんは言った。

ランキング

どちらかというと〈怖がり〉とIさんは語る。

「彼氏がランキングなんかに凝ったから、私もつきあわされちゃって」

ランキング、と聞いて首を傾げた私に、彼女はスマホの画面を見せてくれた。

画面上に地図が表示されていた。デザインは有名な事故物件サイトに似ているが、ちょっと違う。事故物件サイトの方では、地図上にある事故物件に炎のようなマークがついているが、こちらは青色だ。よく見ると、マークは炎ではなくかわいらしい幽霊だった。

「これ、心霊スポットをまとめたサイトで」

彼女が画面を操作すると、東北の某県のランキングが出てきた。どれも、ネット・書籍では常連だったり、確固たる地位にある心霊スポットである。

「私とつきあう前から一人で行っていたらしいです。でも、ランキング上位でもたいしたことのない、ただの廃墟だって笑ってました」

だからか――ちょっと冒険しすぎちゃって。

とある夏の日、夕食後、彼氏と友人たちと四人で花火をすることになった。

海の近くの公園でやることになったが、先客が多く花火が楽しめそうにない。

「海がだめなら、山だべ」

と、彼氏は車を走らせた。市内を抜けて、山道に入る。

目的地に向かう車内は、これから向かう心霊スポットのことで盛り上がっていた。

「ここ、五位だから大したことねえよな」

彼氏が向かった先は――○○○山。

大規模な遭難事件のあった山で、その事件は映画化もされている。

心霊スポットとしても全国的に有名なのだが、そのサイトではランキング五位。

「怖い噂はたくさんあるけど、ランキング五位なら大丈夫だって余裕そうでした」

車を遭難記念碑そばにある茶屋の前に停めた。先客はいないようだった。

星が手に取るように近くに見えた。少し高度があるので、平地に比べて空気はひやりとしている。スマホの明かりを懐中電灯代わりに、遭難記念碑へと向かう。

すこし歩くと、それはあった。

小銃を地面に突き刺し、仁王立ちする陸軍伍長の像。

ランキング上位の心霊スポットでも何ら怖い体験をしていない彼は、意気揚々と準備をして――。

「花火はじめちゃったんですよ。あの銅像の前で」

友人たちも、花火に火をつけ、両手にもって空中で絵を描くようにして遊んでいる。

花火の煙であたりが白くなってきたとIさんは思ったのだが、気づいた時には、すっかり濃い霧に包まれていた。

「気分出てきたな！」

と、心霊スポットらしい雰囲気に彼氏はうれしそうだが、Iさんは半袖から出た手をしきりにさすっていた。

「山だからか、いきなり冷えてきたんですよ。寒くて鳥肌が立ちました」

だが、他の面々は四方にスマートフォンのカメラを向けてはしゃいでいる。

凍えるIさんの歯が鳴った。帰りたくて仕方がないが言い出せないでいた。

と――。

誰かが「早く帰るべ」と言った。

これで帰れる――とIさんがほっとしたとき、三人が叫び声をあげた。

何が起こったのか状況が飲み込めない。

他の三人はパニックを起こしているようだが、Iさんには何のことやらわからない。

「I、車に戻るぞ」

「花火を置いたまま、車に乗ったとたん、急発進ですよ」

彼氏のハンドルさばきが荒い。しばらく山道なので、事故を起こさないかとIさんは気が気ではなく、彼氏にスピードを落とすよう声をかけたのだが――。

「話は山から降りてからだ！」

行きの道中からかけていたテクノミュージックが車内に空々しく響く。

その間、後部座席の二人も彼氏も一言もしゃべらない。

――彼が口を開いたのは、麓《ふもと》にある住宅街のコンビニに車を停めてからだった。

「何があったか、わからなかったか」運転席の彼氏がIさんを見ながら言った。

Iさんが首を振ると、

「あのとき、銅像の前で写真とったべ」

彼氏がスマートフォンの画面をIさんに向けた。銅像の前でおどけたポーズを取る友人たちに霧がまとわりついている写真にしか見えない。

「フラッシュ光ったとき、まわりが顔だらけになったんだ」

しかし、写真には不思議なものは写っていない。

Ｉさんは「気のせいだって」と皆を安心させるように言った。

「それより、こっちは寒くて大変だったんだから。助かったよ。誰？　あのとき『早く帰るべ』って言ったの」

そのとたん、また後部座席の友達が悲鳴を上げた。ひきつった彼がつぶやいた。

――誰もそんなこと言ってねえ。

「次の日、お祓いに行きました」

ただ、いまでも――。

冬の寒い日、吹雪の中を歩いていると「早く帰るべ」が耳の奥によみがえるという。

「気のせいですよね、きっと」

Ｉさんは暗い顔で言った。

腹パン

「Qから、霊の話を聞くたびに内心〈またまた～〉なんて思ってたんですよ」

と、地方在住のRさん。

Rさんはそういうものを信じる方ではないので、話半分で聞いていたという。

それ以外は気の合う二人の付き合いは、高校卒業後も続いた。

「コンサートで上京したときに、部屋に泊めてもらうことにしたんです」

Qさんは、出るけどいいの、とだけ言った。

「彼女の言う〈出る〉ってあれだなって」見当はついた。

Rさんは信じていないので、大丈夫大丈夫と軽く返事をして、上京した。

夜行バスで到着し、そのまま東京観光。そして、念願のコンサート。

この時のために貯めたお金でグッズを買いまくり、キャリーバッグと心地よく疲れた体を引きずりながら、今夜の宿であるQさんの家についた。

SNSで頻繁にやりとりをしていても、直に会うとまた別だ。

二人は遅くまでおしゃべりをして、深夜になってからベッドに入った。

来客用ふとんがないので、女二人で一つのベッドに寝た。疲れと興奮、深夜バスでよく眠れなかったのもあって、すぐに瞼《まぶた》がおり、Rさんは眠った。

「いきなり、お腹にガツッて来たんですよ。え、腹パン？　みたいな」

腹パンとは――腹にパンチすることの略称である。

とにかく、腹を誰かに殴られたような衝撃で目が覚めた。

「Q、意外と寝相悪いんだな、と思って横を向こうとしたんですが」

金縛りで仰向けのまま動けない。

「金縛りって科学的に解明されてるじゃないですか。半覚醒状態で脳だけ起きているけど体は寝たままとか。それだなと思って……」

Rさんは落ち着こうとした。腹にQさんの足でも当たったのだろう、と思って目だけを動かして腹の方を見るが――。

Qさんはこちらに背を向けて静かに寝息を立てている。掛け布団に乱れはない。

「え？　どういうことって？　ってパニクッたら」

また腹にガツンと来た。今度は、さっきより強烈な一撃だ。

ガフッと息が漏れる。だが、声は出ないしQさんに起きる気配はない。

なんかわからないけど、勘弁して——と思うが、腹パンは続く。

痛くて涙が出る。助けを求めたい。しかし、金縛りで動けない。

「でも、左の中指だけ、ちょっと動いたんですよ」

何かから腹パンを受けながら必死に中指を震わせ、Qさんに触れた。

途端に、金縛りが解ける。

「た、助けて……」Rさんが絞り出した声で、Qさんが目を覚ました。

Rさんの様子を見てから、Qさんはベッドの上の虚空に向かって、

「やめなさい！　そんな遊びはいやだって言ってるでしょ！」

と叫んだ。腹パンは止んだ。

呆然としつつも、Rさんはこれまであったことを話した。

「腹パン？　違うってあれは」

子どもがジャンプしてたんだよ。あんたのお腹の上で。

——だから出るっていったじゃん。

とQさんはこともなげに言ったという。

代わって

「×××っていうジャンプ漫画ありますよね」

小学校の先生にして霊能力者の主人公が、鬼の手を使って魔を祓う人気漫画で、アニメ化もされたものだ。

「あれに載っていたやつを、小学校の時やったんですよ」

と語るのはLさん。

放課後、教室で「スクエア」と呼ばれる遊びをやったという。

方法は部屋の四隅にひとりずつ立ち、歩いて次の隅まで行く。

そこで次の人の肩を叩くと次の人は歩き出し、また次に……。

この順で動けば、四人目が動いた時一人目が居る場所は空白になり四人目は誰にも触れられないはずだが――一人目の場所に『何か』が出現して触れることができるという。

雪の山小屋で一夜を過ごすことになった四人の登山者が、寒さで眠らないようにはじめたところ、五人目がいて、一晩ずっと眠らずに過ごして助かったから――と、発祥にまつわる話はいろいろあるが、いまは降霊術の一種となっているようだ。

「うちは霊感ある家系で。御札《おふだ》とか普通にありましたね。とにかく、子どものうちは憑かれやすいからってコックリさんとか厳禁だったんですよ」

しかし、小学校高学年は不思議なものへの好奇心が膨らむ時期だ。

「あの漫画を読んだ四人で、放課後することになったんです」

親からの忠告については、「コックリさんじゃないし」ということで、軽い気持ちで無視したそうだ。

「暗闇でやれたら最高ですけど、さすがにそんな夜遅くに学校いられないんで、目をつぶってやることになりました」

四隅に四人が立ち、皆が目を閉じる。相手の肩を叩いたら、目を開けてもいいが、それまでは目をつぶったまま、というルールにした。

四人目を担当したのはLさん。多少見えるタイプなので、危ないと思ったらやめられる自信があったそうだ。

「せーの、ではじめました」

目を閉じているので、壁に手を当てながら、次の隅へと歩いて行くこととなった。

緊張していたので、ズック靴の足音がやたらと大きく聞こえたという。

音からすると一人目が隅についたようだ。二人目がそろそろと歩き出す。

そして三人目に。足音が近づいてきて、Lさんの肩が叩かれた。

目を閉じたまま歩き出す。邪魔になりそうな教室のテレビや、用具入れはどけておいた。

掲示板をすぎると、指先にひやりとした感覚が訪れる。

黒板だ。指の腹で黒板を撫でながら、前へと進む。

厭な気配はない。

大丈夫だ。そう思いながら手を伸ばすと――。

「誰かに触れたんです。そしたら」

代わって――と声がしたという。

その瞬間、他の三人が絶叫していた。

「女の子がいる、って言って、ランドセルもそのままで逃げちゃったんですよ」

Lさんも指先に感覚はあったが、Lさんが言うところの「霊の気配」はなかったので目を開けた。友達は緊張しすぎて勘違いでもしたんだろう、と一人残された教室で思ったそうだ。

「三人分のランドセル届けるわけにいかないし、どうしよう」

途方に暮れているうちに、みるみる教室が暗くなっていく。

友達には悪いが、帰ったら電話しておこう、そう決めて教室を出ようとしたが、目の前の戸は閉まったままでビクともしない。

ドアと格闘しているうちに、夜になっていた。廊下の明かりも消えたままだ。

真っ暗な教室にひとり。先生が巡回に来そうなものだが、その気配もない。

「マジやばい、マジやばいどうしよう……」

と半べそになったときだった。

誰かに、思いっきり背中を叩かれた。

「そしたら、私、家の布団に寝ていたんですよ」

友人三人と教室にいたはずだが、とLさんが首をかしげた。

親によると、様子がおかしくなったLさんを見て、仲間が先生を呼んだのだという。

うつろな目のLさんを一人で帰すわけにいかず、親が呼ばれたそうだ。

「あれだけやるなと言ったのに」

布団に横たわるLさんに向けて、父が怒鳴った。

「しゃべろうとしてもしゃべれないんですよ。口に紙が入っていて」

父が地元で有名な霊能力者からもらっていた御札だった。

御札を入れた後、父が背中を叩いたのでLさんは正気に戻ったらしい。

気づいたら背中が痛いし、思いっきり短距離走でもした後のように体がだるい。

父は自業自得だと言った。それから、長い説教タイムがはじまった。

翌日、痛む背中にランドセルを背負い、マラソン大会明けのような重たい足取りで学校に向かった。

「そしたら、スクエアを一緒にやった子みんな、高熱出して欠席してました」

後日、高熱を出した子に話を聞いたところ、最後にLさんが隅に向かったとき、そこに見知らぬ女の子が現れていたのだという。

女の子はすぐに消えたが、その子の肩に手を置いたLさんは口から泡を出していた。

「あのとき、隅にいる子と私、代わってたんですよ」

一人きりのあの暗い教室——たぶん、それがあの子の居る場所で——。

「私は二度と行きたくないですね」

Lさんはそう呟いた。

違う廃墟

バイクが趣味のAさんの話である。

夏休みを利用して、何度目かの北海道ツーリングを楽しんでいた。

「視力測定の機械、のぞいたことありますか？　あんな感じなんですよ。一本道の向こうに気球が浮いている画面があるじゃないですか。そんな景色がずーっと続いているんです」

気ままなひとり旅だった。バイクを停め、興味が向いたものにカメラを向ける。

昼食はバイカーに有名な定食屋で、舌鼓を打った。

「海岸沿いの道を抜けて、市街地に入ったんで、ちょっと寂しくなりましたね。市街地、といっても、シャッターを下ろした店や古ぼけた家がまばらにあるだけなんですけど」

と。

「そこに、ちょっと目を引く建物があったんですよ」

北海道には、バブル時代に建てられた一風変わったドライブインの廃墟が多数ある。

その一つだろうと思ったのだが——ドライブインにしては趣味のいい建物だった。

「ただおかしいのが、前にはなかった気がしたんですよ」

しかし、目の前の廃墟は、打ち捨てられてから、かなり年数がたっているように見える。

「前にもこの道を通ってるんです。旅の記録は必ずつけてるし、あんなに目立つ建物なら写真に撮ります。だから、覚えているはずなんですけどね」

Aさんは首を傾げた。バイクをその建物の前に停めて、ヘルメットを脱ぐ。

奇妙だった。

目の前の洋館は他の廃墟にあるような、ラブホテルのなれの果てといったものでも、様々な建築様式を混ぜ合わせた奇態なものでもなかったそうだ。

「二階建ての大邸宅なんですよ。中央に三角屋根があって、両側に壁が伸びていて。海外ドラマでみるような、かっこいい洋館ってあるじゃないですか。それが、田舎のガソリンスタンドの前に、いきなりあったんですよ」

興味を覚えたAさんはカメラ片手に廃墟に向かった。

窓ガラスは割れ、煉瓦の壁には蔦がびっしりと這い回っている。

レンズを向け、シャッターを何度もきった。

「いい感じの廃墟なんで、話のタネになるかなって思って」

ドアは軽く開いていたので、そのまま中に入った。

廃墟の割に荒らされていなかった。肝試しで来た輩《やから》のゴミや、スプレーでの落書き、壁を壊したあと——。そんなものはいっさいない。

「ただ、ホールに敷いてあった絨毯の上には、土足の足跡がいっぱいありましたね」

それとかび臭さが、打ち捨てられてからの年数を物語っていた。

入って左右を見回した。かなり広い。

とりあえず、目の前にある階段を上ることにした。

「映画のタイタニックに出てきた階段みたいな。ゴージャスだけど品がありましたね」

階段を上るたび、みしみしっと音がする。踊り場の床は腐りかけているようで、妙にやわらかい。床板をブーツで踏み抜きそうで、気がかりな程だったという。

「踊り場をまわって、次の階段を上ろうとしたときですよ」

目の前に、卒塔婆《そとば》が並んでいた。

踊り場から続く階段いっぱいに、卒塔婆がびっしり立てかけてあったのだ。

「カメラを落としそうになるほどビビりましたよ」

踊り場で思わず後ずさりした時、何かを踏んだ。足下から煙があがっている。

ブーツをゆっくりあげると——踏んだのは線香だった。

まだ火をつけたばかりのようで、先が赤くかぼそい煙がたなびいている。

館に入ったのはAさん一人。もちろん、他に誰か入っていたら気づくはずだ。

何よりも、足下で線香をつけられて気づかないわけがない。

「入った時、線香なんて絶対無かったんです。それだけははっきりしてます」

慌てて外に出てバイクに乗り、そこから走り去った。

後日、ツーリング仲間にこの奇妙な体験を話した。

誰もが興味を覚え、そこを調べようとしたが——。

「ないんですよ、僕が入った廃墟が」

取り壊されたのでは、というこちらの問いに、Aさんは首を振った。

走行の記録をスマホに残しているので、ネットですぐに確認できる。

グーグルマップで場所を確認すると、そこに廃墟はあったが——。

それは建築様式をごたまぜにしたような、ドライブインの廃墟だった。

あの廃墟とは全くの別物。

唯一の証拠であるカメラを確認したが——そのドライブインの所は真っ黒な写真が続いていたという。

「——だったら僕、どこに行ったんでしょうね」

Aさんは、それ以来あの道を通っていない。

来ちゃった

都内S区役所の地下のトイレでこの間、やられたんです。車で地下駐車場に入って、トイレに行きたくなって。建物は改装してトイレも綺麗になったのに、地下だけ以前のママで古くて薄気味悪いんですよ。一階に上がってと思ったんだけど我慢できなくて、とりあえず入ったら——薄暗い上に和式が二つ、もちろん誰もいないからシンとしていて。パタンと入ったら、途端に「うふふ」って笑う女性の声が。

一気に怖くなって飛び出して、やっぱり一階のトイレへと駆け込んだんです。しばらく視ることがなかったたし、ちょっと油断していたのもあったかも。その夜、案の定、金縛りに遭ってしまって——。身体はまったく動かずなんの感覚もないのだけれど、自分の両手が自分の肩を叩くようにもがいているのが視界に見えるんです。すぐ枕もとには浴衣を着た髪の毛の長い若い女性が正座して座り込んでいる。

私の顔を覗き込んでいるんです。「うふふ」って笑いながらですよ。

もうほんと勘弁してほしい。怖い目に遭いたいって言ってたよね？　あそこに行けば絶対味わえるから行ってみてよ――。

電話をしてきたのは〈視えて〉しまう体質のタカコさん。あれから二週間経つのだが「まだ家に居る」のだそう。「あなたがあのトイレに行けば、きっとそちらに行くはずだから」という。ごめん、ちょっと決心つかないわ。

心配性

ミズキさんが、母親について田舎にある母の実家に行ったときのこと。

実家の祖父母はとうに亡くなり、母の姉である伯母夫婦が継いでいたが、一年程前に伯母が亡くなった。伯父はすっかり意気消沈して、娘であるサエさんと暮らしている。

伯母さんの命日を前に、ミズキさんの母親が様子を見に行くことになり、また、田舎の大きな家の家財道具などを少しずつ整理していきたいというサエさんの要望もあり、今回ミズキさんも駆り出されることになったのだった。

到着した夜のこと。ミズキさんと母親は布団が用意された客間で寝る準備をしていた。

こんこんこん
ドアが叩かれた。ミズキさんはサエさんだと思い「はーい、なあに?」と答えた。しばらくしても応答がないので、母親が「開けていいわよ」と声をかけた。しかし誰も入って来ない。

母親が「今のノック、聞こえたよね?」と訊くので「聞こえたよ」とミズキさんもうなずく。ドアを開けて長い暗い廊下を見るが、誰もいない。ふと母親がひとりごちた。

「ああ、姉さんが来たんじゃないかな」

伯父は伯母の遺骨を四十九日の際に納骨せず、自分が死んだときに一緒に入れてもらいたいからと仏間に置いたままにしてある。そういうこともあり「この家にずっと姉さんはいるんじゃないかな」と母親は言うのだ。

その次の朝、先に起きて着替えていたミズキさんに、母親がむっくり布団から起き上がって机の上を指さして声を出す。

「ねえ、これなに？」

旅行鞄を整理していたミズキさんが顔を向けると、机に置かれたペットボトルを指さして母親が妙な顔をしている。夜中何度も起きる母親は、いつも枕元に水のペットボトルを用意しているのだけれど、そのペットボトルの首に、麻の紐を通した小さな裁ちバサミが掛かっていた。

「私もわかんないよ。いつ気がついたの？」

「今――。明け方起きて水を飲んだときはこんなの掛かってなかったもん」

裁ちバサミは古いものだけど、錆びたりしているわけではない。それを持って台所に行き、朝食の用意をしていたサエさんに見せた。

「これ、部屋にあったんだけど……」

サエさんが顔色を変えた。

「え？　それ、母のだわ。どこにあった？」

ミズキさんは先ほどの母親とのやり取りを伝えた。

変なことがあるものね、と首を捻りながら、サエさんは押入れに仕舞ってあった伯母が使っていた裁縫箱に裁ちバサミを戻した。

その日から帰るまでの四日間ほど、ミズキさんは納屋の整理と掃除に明け暮れた。そのかいがあってすっかり部屋は片付いた。

帰る日の昼間、納屋の衣装箪笥から出て来た伯母が縫ったらしい真新しい暖簾《のれん》が出てきたので、せっかくだから台所に掛かっていた暖簾と交換しようと思った。裁縫好きの伯母が生きていたころは、部屋のあちこちに置かれた手製の小物や布カバーがまめに換えられたりしていたものらしい。

いざ掛け換えようとしたら、暖簾にほつれて穴が開いているのが見つかった。ミズキさんの母親が「私が縫うよ」と伯母の裁縫箱を出してきて縫い始めた。その時に、

「あ！」

ハッとしたように母親が声を上げた。

「そうだ！　伯父《にい》さんのシャツのポケットに穴が開いていたよね。あれ、縫わなくちゃ」

胸ポケットにモノを入れる癖のある伯父のシャツは、どれも胸のところに穴が開いてしまう。伯母が亡くなってからは縫う人がいないので、まとめてずっと置きっぱなしになっていたのを思い出したのだ。

「ねえ、裁ちバサミのことだけど――」

亡くなった伯母さんが縫ってやってくれってことだったんじゃない？　伯母さん、伯父さんのこと心配なんだよ。

母親が手にしているハサミを指さしてミズキさんが言ったのに、母親もうなずいた。

その話を聞いて、誰よりも伯父が喜んだのは言うまでもない。

父の愛

携帯電話などない時代のこと。

ヒデコさんは結婚したばかりの夫とともに、新婚旅行としてとある温泉町に来ていた。宿の近くに海があるので、夕食までの間、二人で散歩に出かけていた。

夜の帳が降りてきており、二人のほかは誰もいない。ロマンチックなムードの中、夫が波消しブロックの上に乗って歩きだした。

「ちょっと、危ないからこっちに来てよ」

「大丈夫、大丈夫！」

おどけるようにブロックからブロックへと飛んで歩いていた夫だが、ふいに姿が見えなくなった。隙間に落ちてしまったのである。

「早く上がってきて！」

ヒデコさんの金切り声に、ブロックの隙間で水に浸かっている夫は、

「隙間に腕が挟まってしまって抜けない！」

と悲痛な声を上げた。慌てたヒデコさんは助けを求めに旅館へと走った。その後、消防隊員たちが救助に駆けつけたのだが、夫はブロックに腕を挟まれたまま溺死していた。

夫の腕が抜けなかったのは、その腕にしていた腕時計が引っかかったためであった。腕時計はヒデコさんの父親の形見で、結婚の挨拶に夫が母親に会った時に、

「これはあなたにしてもらうのが、父親も何より嬉しいでしょう」

と渡したものだった。

ヒデコさんは父親の形見が夫の命を奪ったのかと泣き崩れた。

後々わかったことである。

ヒデコさんと結婚した男は常習の結婚詐欺師であり、土地や通帳などの名義を変えて離婚とともに財産をすべて奪うという犯罪を繰り返していたのだという。

やって来る

東北地方のS島の知り合いに教えてもらった。

古民家を買い取って、子供のいない若いシノダ夫婦が越してきたのは一年ほど前のこと。都会の人がやっていけるかと近隣の人たちは半信半疑だったようだが、シノダさんも奥さんも次第に根付いていて、生活も慣れて半年ほど経ったある朝のこと。

ひとりの漁師がやって来た。その手にはサザエやアワビなどが入った笊《ざる》を持っていて、応対した奥さんは咄嗟に売りに来たのかと思った。しかし漁師は「これ」と言うなり、玄関先に笊を置くと、そのまま背を向けて歩いて行ってしまった。

奥さんが「ええ？　ちょっと待ってて」と台所まで財布を取りに行き、玄関に戻るが、漁師の姿はもとより置かれたはずのサザエやアワビの笊も無くなっていた。

その翌朝、また漁師がやって来た。また同じように笊に入れたサザエやアワビを「これ」と玄関先に置いていく。「お金を――」と奥さんが目を離したら、漁師も笊も影も形も無くなっている。

奥さんはパニックになった。早朝市場の仕事に出かけるシノダさんに訴えて、その日、シノダさんも一緒に漁師を待つことにした。

奥さんの言うとおり、漁師がサザエやアワビを入れた笊を持ってやって来た。

「これ」

玄関先に置くと玄関を出ていく。その姿を二人で見つめていると、置かれた笊とともにうっすらと滲むようにいなくなった。


毎日毎日、漁師がやって来る。

近所の人に聞けば、古民家に住んでいた人の何代か前は漁師だったと言う。しかし縁も所縁もない若い夫婦の元に、今にして何故、漁獲物のお裾分けを持って来るのか、いかにも不思議と首を捻るが、この島の住民として認められたのだと手を叩いた。

奥さんもすっかり慣れたという。「毎日、来よっとよ」とおおらかに笑う。

来ちゃだめ

久しぶりの休みが取れたからと、シングルマザーのヒトミさんは、母親と幼い娘を連れて東北の温泉旅行に出かけた。そのついでに地方に住んでいる親戚の家を回ったりしたので、すっかり帰りが遅くなった。都内の家に戻るのに夜中の高速を飛ばしていた。

同乗している娘と母親は爆睡している。それはそれで平和でいいのだが、黙って運転していると、どうしても眠たくなってきた。

眠気覚ましにコーヒーが飲みたくなり、サービスエリアに入った。娘も母親も眠いからこのまま車で待っているというので、ひとり自販機に向かった。

小さなサービスエリアだからか、平日の真夜中では駐車している車もない。伸びをして眠気を払うと、缶コーヒーではなくドリップの自販機に向かった。

コインを入れて出来上がりを待っていると――。

空気が急に重くなり、薄く耳鳴りがする。

え、なんだろう。そう思ったと同時に、すぐ横に誰かが立った気配がした。

顔を向けたくないが視界に入ってくる。薄い色をしたキャミソールのワンピースを着た若い女だ。手を胸のところで組むようにして俯いている。

ヒトでないのは直感でわかった。早くここを立ち去らなくては、と思うが身体が動かない。女の声が頭に響いた。

「これから事故に遭って別れるの——乗ってもいい?」

ちょうどコーヒーが淹れ終わったブザーが鳴った。

反射的に身体が動いた。カップを取り上げると、ヒトミさんは叫んだ。

「——だめ!!!」

車に戻ると急いでその場を走り去った。


「きっと事故に遭っちゃったんでしょうね。相手の男性も死んじゃったのかな」

ヒトミさんは最後そう呟いたのだけれど、急にハッとして「違うわ」と言い直した。

「相手の男性は助かったから、別れるの、ということなのか。だとすると、乗ってもいい? は一緒に逝ってくれる人を捜してるってことか——」

今さらだけどゾッとする。そう言うと粟立った腕を擦った。

我妻俊樹

雨の日

瑠梨さんは神奈川県の某所で学生時代を送ったが、当時住んでいたアパートの近くに川があった。キャンパスへ自転車で通う途中にその川を渡ることになる。通学のルートはいくつかあってその日の気分で決めていたが、夜はだいたい同じ橋を渡って帰ってきた。その道が一番遅くまで人通りがあって、治安的にいいと思えたからだ。

ある晩、小雨の降る中を瑠梨さんは傘もささず自転車で走っていた。やがて川にさしかかったとき、橋のたもとに傘を持たない人影があるのに気づいたという。後ろ姿だが、なんとなく中年の女性に思えた。人通りも車も多いとはいえ、小雨に濡れてじっと立っている人はなんとなく気味が悪い。瑠梨さんはできるだけ離れてその人の後ろを通り過ぎた。

そのまま橋を渡り切ると、少し先の路地へと折れて五十メートルほど行くと自宅アパートがあった。瑠梨さんは路地の手前で自転車のスピードを緩め、なにげなく橋のほうを振り返ってみた。するとさっきの人が顔をこちらに向けて、あきらかに瑠梨さんを見つめていた。あれっ？　と思って瑠梨さんは相手をじっと見つめ返してしまった。その女性は母親の妹にあたるカズエおばさんだったのだ。他人の空似ではなく、どう見ても本人だ。どうしてカズエおばさんがここに？　と混乱しつつ橋のほうへ引き返そうとしてふとペダルを踏む足を止めた。おばさんは郷里の富山県の病院に入院していて、もう半年以上意識がない状態なのだ。

とまどっている瑠梨さんに向かって〈カズエおばさん〉は右手をさっと上げて振りはじめた。そのとき急に雨脚が強まって、〈カズエおばさん〉の姿が雨のむこうにかすんだ気がしたという。

はっと我に返ると橋のたもとには誰もいなかった。そのまましばらく呆然としていた瑠梨さんは、下着までずぶ濡れになっているのに気づいてあわててアパート前に自転車で乗り付け、部屋に駆け込んだ。胸騒ぎを感じながら実家の母親に電話してみたが、カズエおばさんの家族からとくに何も連絡は来ていないという。瑠梨さんがたった今の出来事を話すと、母親も不安になったようで「後で電話してそれとなく訊いてみる」と言ったそうだ。

翌日母親から連絡があって、カズエおばさんは相変わらず意識のないまま安定した状態で、とくに変化はないようだという話だった。

ただベッドに横たわっているおばさんの全身が、髪の毛や背中までびっしょり濡れているのに誰かが気づいたようで、水が掛かるようなものは近くにないし、誰も心当たりがなく不思議がっていたようだ。

「瑠梨が見たもののことは何も話してないのに、むこうからそんなこと言い出したからすごくびっくりしちゃった」

母親は電話口でそう興奮気味に語っていた。

瑠梨さんはそれから数日間は、いつ悪い知らせが来るかとつねに気が気ではなかったそうだ。「若い頃の自分に似ている」と言って瑠梨さんをことのほか可愛がってくれたおばさんが、最後にわざわざお別れを告げに来たのではと思えてならなかったからだ。

だがあれから五年以上経った現在、カズエおばさんは意識がもどらないまま今も病院で眠り続けている。不思議な出来事はあれ以来一度も起きておらず、どうしてあの晩おばさんが自分の前に現れて手を振ってくれたのか、瑠梨さんは理由がわからないままなのである。

例外

工藤くんの家の仏間で眠ると、目覚めたとき顔に手形のようなくっきりした赤い痕がついているのだという。

それはどう見ても右手で平手打ちをくらわされた痕なのだが、睡眠中に何か痛みを感じたわけではないし、顔を叩かれる夢を見たわけでもない。

だから鏡を見たり他人に指摘されるまで本人は気づかないのだそうだ。

そして半時間もするとすっかり手形は消えてしまうらしい。


あるとき工藤くんの父親の学生時代の友人であるDさんが家に遊びに来た。

Dさんはこの仏間の怪現象の話を聞くと、ぜひ自分も体験してみたいと言い出した。

遠方から来たDさんはもともと泊まっていく予定だったので、本人の希望で仏間に来客用の布団を敷くことになったという。

父親とは同じ軽音楽サークルで青春を過ごしたというDさんは酒を飲みながら昔話をして、かなり遅い時間に布団に入ったようだ。

翌朝、起床して仏間の襖を開けて現れたDさんは、やはり顔にくっきりと赤い手形をつけていた。

だがその痕は、通常の場合とは違って〈左手〉の痕だったそうだ。

今まで家族以外にも親戚や知人など、複数の人たちがおもに好奇心から仏間で眠っては、顔に手の痕を浮かせて起きてきた。

だがそれらはいずれも右手の痕で、左手というのは初めてのケースである。

この奇妙な現象に慣れっこになっていた工藤くんもちょっと興奮して、Dさんの顔をまじまじと見てしまったものだという。

工藤くんの家に泊まった日から二か月ほど後に、Dさんは休日のジョギング中に倒れて急逝しているが、顔の痕が〈左手〉だったこととの因果関係は不明である。

Dさんの急逝以来、工藤家では仏間で眠ることはタブーとなった。ちょっとしたうたた寝をすることも恐れて、今では家族の誰も、仏間自体に足を踏み入れることがほとんどないそうである。

同数

飛び降り自殺が相次いでいるという建物があった。

見かけはごく平凡なビルで、一階には当時人気のスイーツの店が入って、かなり繁盛していたようだ。

幸いにというべきか、飛び降りがあるのはいつもビルの裏側のほうだった。

だからスイーツに並ぶ行列が阿鼻《あび》叫喚《きょうかん》に包まれるということは一度もなかった。

そこが飛び降りの多いビルだと知らずに並んでいる人も多かったかもしれない。

人目につかない、建物の隙間のような路地に墜ちた自殺者は、しばらく発見されずにいることも多かったようだ。

近所の店舗などで働く人たちが、休憩時間に通りかかった際などに偶然見つけて、通報する。

そしてビルの表側しか知らない人たちの目に触れぬまま、遺体はひっそりと回収されていったのだ。

文徳さんはこのビルから徒歩五分ほどの場所にあるバーの常連客だった。

バーではよくビルのことが話題になっていた。

マスターによれば、ビルの建っている場所がもともとよくないのだそうだ。

「あそこは昔大きな屋敷があった土地でね、ずっと空き家だったんだけど不審火で全焼したんだよ。その後なぜかしばらく更地のままで、十年くらい前にあのビルが建ったんだよね」

「その火事の祟りってことですか」

「そういうことになるのかな」

「でも空き家だったってことは、火事で亡くなった人はいないわけですよね」

「うーん、たしかにそうだね」

「いるわよ」

横から常連客のユキさんという年配女性が口を挟んできた。

「空き家に住み着いてたホームレスが一人いてね、その火事で焼け死んでるの。たしか彼が屋内で煮炊きしてたのが出火原因だったはず。あとね、ホームレスが世話してた野良猫がたくさん屋敷内にはいたらしくて、その多くがやっぱり逃げ遅れて死んでるのよ」

それは初耳だな、とマスターが腕組みしながらつぶやいた。

「だからあそこで飛び降りが多発してるのは猫の祟りなの。火事で死んだ猫と同じ数だけ飛び降りて死ぬまで、きっと止まらないわよ」

「猫は何匹死んでるんですかね」

「そんなのわかるわけないじゃない」

つまり、飛び降りの連鎖もいつ終わるか誰にもわからないってことね。

ユキさんは真顔できっぱりとそう言った。


「でもあれからたぶん二年も経たないうちに、そのビル解体されちゃったんですよ。まだ建物は大して傷んでなさそうだし、やっぱり飛び降りのせいなのかなって噂されたけどよくわかんない。だから死んだ猫と同じ数の飛び降りがあったかもわからないんですよね。解体工事に入る直前まで飛び降りは続いてたみたいだし」

確認できている最後の自殺者は、すでに立入禁止になっているビルに夜中に忍び込み、最上階から飛び降りたとマスターから聞いているという。

「その亡くなった人が年配の女性で、名前が〈幸江〉だってことまではわかってて。ちょうど同じ時期からユキさんがバーに顔を出さなくなったんですよ。それまで週二くらいで姿見せてたのに。だから常連客の間では、最後の自殺者はユキさんだというのが定説になってます。ユキさんの本名は誰も知らなくて、どこに住んでたとか、プライベートな情報も全然不明だから確認しようがないんですけどね」

ビルの跡地は駐車場になっており、死者こそ出ていないものの車輛の接触事故が頻発しているという話である。

神社裏の家

　昭和の終わり頃の話だと聞いている。

　久二夫さんの遠い親戚であるS氏は妻を病気で亡くして、その骨壺を墓に収めずずっと自宅に置いたままだったそうだ。

　その骨壺がある日何者かに盗まれてしまった。

　自宅から忽然と消え失せたので、当然盗まれたものだとS氏は考えたのである。

　だが何を思ったのか警察には届けず、彼は自力で妻の遺骨を取りもどそうとした。

　そのために知り合いの伝手を辿って、とある霊能者に協力を依頼したのだという。

　その女性霊能者は依頼を引き受け、S氏の妻の遺骨のある場所を〈霊視〉した。

「奥さんの骨壺は顎に大きなほくろのある男に持ち逃げされ、今はその男と暮らしています」

　霊能者はそう語ったらしい。

S氏はまだ見ぬ〈顎に大きなほくろのある男〉に激しく嫉妬し、妻の骨を取りもどすことと男への復讐を心に誓った。

「その男は昔から奥さんのことを深く愛していたようですよ。誰か心当たりはありませんか？」

そう霊能者に訊かれたものの、S氏には思い当たる人物がいなかった。

友人知人を当たってみても、みな首をかしげるばかりでそんな男は知らないという。何かを隠している様子はなく、本当に知らないようなのでS氏は途方に暮れた。

霊能者からは「男は神社の裏にぽつんとある一軒家に暮らしている」と聞いていたので、外を歩いていて神社を見つけると、その裏手にある家を訪ねて住人を詰問するような、常軌を逸した真似もS氏はするようになった。

度々トラブルを起こして警察に厄介になることもあったようだが、骨壺が盗まれたことについてはけっして漏らさなかったようだ。

ある日S氏は仕事で来ていた土地の町外れの神社の裏に、小さな古い家があるのを見つけた。

そうなると抑えが効かなくなるS氏は、さっそくその家を訪問したようだ。

「私の妻がここに来ていませんかね」

玄関の引き戸が開くやいなや、S氏は相手の顔も見ずに言葉を投げかける。

すると三和土《たたき》に立ってS氏を無言で見つめ返す男の顎《あご》に、シャツのボタンほどの大きなほくろがあることに気づいてS氏ははっとなった。

男は無言のままうなずいて、S氏を導くように家の廊下を歩いていった。

あわてて後を追うと、座敷に先回りした男は正座して待っていた。

その横にはS氏の亡妻がうつむいて座っていたという。

S氏はなぜかその信じがたい光景を、さして驚きもせず受け入れたそうだ。

そして妻の手を掴むと「さあ帰るぞ」と言い放ち、何か未練ありげに横の男を気にしている様子の妻を強引に立たせると、そのまま連れ帰ったというのだ。

「そうして家に帰り着いたら、当然のように妻の姿はなく、この通り盗まれた骨壺がもどってきていたというわけです。私は妻を連れているつもりで壺を抱えて歩いていたんでしょうかね。それにしてもあの男はいったい何者だったのか、不思議と恨むような気持ちにはなれません。妻がもどってきてくれたことですべて水に流せる心持ちになれたのです」

そうS氏はやつれた顔に微笑《ほほえ》みを浮かべながら語っていたという。

だがこの話を滔々と聞かされたという親族の女性は、S氏が話しながら「この骨壺」と言って何度も指し示す畳の上に何も見当たらないことを、怖くて最後まで指摘できなかったそうだ。

それから十日ほどのちにS氏は自宅近所にあった廃神社の鳥居に縄をかけ、そこで首を吊って死んでいるのを発見された。

死後S氏の自宅の床下からは、彼が盗まれたと主張していた妻の骨壺が見つかった。

その横にはもう一つ中身の詰まった古い骨壺が置かれていたそうだが、それが誰の遺骨なのかは、結局周囲の誰にもわからずじまいだったとのことである。

心霊

「たぶん弟の持ち物だと思うんですよね」

友彦さんは腕組みしてそう語り始めた。

「でも弟は知らないって言うんですよ。そんなビデオは見たことないし、もちろん録画したり、ダビングした覚えもないって」

それは二十年ほど前に、実家の押入れで見つけたＶＨＳのテープだった。

市販のテープで、本体に貼られたシールにはペンで「心霊」とだけ書かれていた。

弟の筆跡にも、そうじゃないようにも見えたそうだ。

当時弟は全寮制の高校に通っていた。

弟がオカルト好きだという話は聞いたことがないが、たぶん家にいた頃にテレビの心霊特番でも録画したのだろう。そう思って友彦さんは何の気なしにテープをデッキに入れて、再生してみたのだという。

すると画面にはいきなり一般家庭の庭のような場所が映し出された。

手ぶれのひどい映像で、音声は入っていないのか、ボリュームを上げてもノイズが大きくなるだけだった。

テレビ番組ではないようだ。家庭用のビデオカメラで撮影されたものか。

あまり手入れのされていない、こじんまりした庭には犬小屋があった。

屋根は赤く、壁は白く塗られている。

カメラは犬小屋に近づいていって、入口を覗き込むようなアングルになった。

だが、どうやら中に犬はいないようだ。

やがてカメラは犬小屋から下がって、ふたたび庭全体を映し出した。

と、画面の右端に何かが映り込んだ。

「女の子だったんですよ十歳くらいの。ノースリーブの服着て真っ黒に日焼けした、いかにも健康的だけど貧乏な家の子って感じの」

女の子はカメラに目を向けることはなく、全然無関係なほうへ視線を向けたまま口をぽかんと開けていた。

それから右手で「おいでおいで」という手招きの動きをしたが、何に向けての合図なのかはわからない。カメラが女の子の視線を追おうとしないからだ。

「なんか女の子もカメラも互いに無関心というか、存在に気づかないまま偶然居合わせたみたいな態度なんですよ。そんな狭い庭みたいなところでありえない話なのに」

やがて女の子は画面から見切れてしまい、カメラは庭の端の方へ進んでそこに枝を伸ばしていた松の木をおざなりに画面に収めたりしているうちに、突然映像は終わってしまった。

「なんだこれ」

思わず友彦さんは口に出して言っていた。

何のために撮られた映像なのか。誰が撮影したのか。映ってる女の子は何者なのか。そしてなぜ「心霊」というタイトルが付けられているのか。

「何もかもわからないんで、ちょうど次の週末に弟が家に帰ってくることになってたから、そのとき訊いてみようと思ってテープを押入れの中にもどしておいたんです」

週末になり、ひさしぶりに会う弟は野球部の練習ですっかり日焼けしていた。その顔を見たら、友彦さんはビデオのことを思い出した。

早速弟に訊ねてみると「そんなビデオなんて知らない」と言い張るので、実物を見せようと思って友彦さんは押入れの襖を開けた。

「わかりやすいように、開けてすぐ目につく場所に置いてあったんです」

ところがビデオテープが見当たらない。

それどころか押入れの中は妙にがらんとしており、友彦さんと弟の小中学校時代の文集やアルバム、幼い頃に描いた絵の入った箱などがごっそり消えてしまっていたという。

「だから母親に『押入れの中身どうしたの？　勝手に捨てたりしてないよね？』って訊いたんだけど」

何言ってるの、あんた昨日の昼間ずっとごそごそ片づけてたじゃない、と言い返されてしまった。

「でもおれ前の日は仕事なんで昼間家にいるはずないし、そう母親にも言ったけど『休んだか半休にしたんじゃないの？　ご飯も食べずにずっとごそごそやってたじゃないの』って不審そうに言うだけで、話が嚙み合わなかったんですね」

結局問題のビデオテープどころか、押入れに入っていたはずの品々はみな行方不明になったままだ。

「家のまわりとか近所の集積所も見たけど見つからなくて、親にも弟にもおれが犯人だと疑われたままで散々でしたよ」

「で、そんなこともほとんど忘れてた四年くらい前、職場の仲いい人たちと台湾を旅行したんですよ。それで現地に知り合いがいるっていう人の案内で少し田舎のほうまで足をのばして、その現地の人の車でいろいろ回ってもらってたときに、ビデオに映った女の子とそっくりな子供を見かけたんです。真っ黒に日に焼けてて、ちょっとみすぼらしい身なりをしてて。あっあの子だ！　って思わず車窓から指さしたら……」

あの子を指さしてはいけません、と運転する現地人にたしなめられたという。

「どうしてなのか訊いたら『あの子は一度死んで生き返った子ですから』って言うんですよね。それ以上詳しいことは教えてくれなかったけど、何かすごく怯えたような硬い表情で話してたことが印象的でした」

子供はビデオの女の子と同様、どこかに向かって口をぽかんと開け「おいでおいで」のように手を動かしていた。

その視線の先には、半ば自然に還りかけたボロボロの廃屋があったそうだ。

小田イ輔

金銀財宝

A君は神社の息子である。

彼が小学六年生だった頃、夏休みの話。

休みに入って間もなく、いつものように近所の公園で遊んでいると、同級生のB君がやってきた。彼はずいぶん興奮した様子で「すごい発見をした！」と目を輝かせている。一体何を発見したのか、A君が問うと、B君は「金銀財宝！　財宝があった」と言う。

金銀財宝？　何を言っているんだろう？　そんなものあるわけがない。

B君の大袈裟な語りぶりに、A君をはじめ周囲の子供たちは白けた反応。

しかし、普段は物静かなB君がここまで盛り上がっているのにはワケがありそうだ。

金銀財宝は言い過ぎでも、何かしら面白い発見ではあるのかも知れない。

「だから、その場所に案内しろってBに言ったんだ」

Ａ君ら数人の子供達が着いたのは、人気《ひとけ》のない工場。

それは彼らの通学路沿いにあり、普段から見慣れた建物だった。

小さなプレハブの事務所と、ダンボールをひっくり返したような簡素な造りの作業場が、広くはない土地に納まっている。しばらく前から人の出入りがなく、どうやら廃業したようだとの噂が聞こえてきていた。事実、仕切りのシャッターは開いたままになっており、使われなくなった工具や機械が道路からも確認できた。

近所の大人に見つかると怒られそうなので、人目を避けるようにコソコソと工場の敷地に入った彼らは、Ｂ君に導かれ作業場の中へ向かう。

「あそこ、あそこだよ」

作業場内の、ちょっと見上げるような場所にある小部屋。

Ｂ君はそこを指差してから「ついて来て」と言った。

裏手に回り込んで細く急な階段を上り、小部屋のドアを開ける。

埃《ほこり》っぽい空気と、何か嫌な臭いがするその部屋の真ん中に、銀色の小山があった。

「金銀財宝なんて言うからさ、もう少しマシなもんだと思ってたんだけど……」

小山は、細い針金のようなものが二、三ミリの間隔で切断されたもので出来ていた。

かなりの量が積み重なり砂山のようになったそれに、B君は両手を突っ込んで「ね？ね？　すごいでしょ？」と嬉しそうな様子。

「ハア？　って思ったけど、Bは異常なテンションでそれをポケットに詰めたりしてんの。俺にはただの廃材、ゴミにしか見えなかったんだけど」

甲子園の砂をかき集める球児の如く、どうやら十分なだけ「金銀財宝」を手にしたらしいB君と共に、一行はヤレヤレといった表情で廃工場を後にした。

その後も、B君はA君らを見かけると「財宝を取りに行こうよ！」としきりに誘ってきたが、誰一人相手にしなかった。

「色々と理由をつけて断ってた。つまんねえもの拾いに行ってもしょうがないし、大人に見つかったら怒られると思って、まぁ、それよりなにより……」

あの日、小部屋を開けた瞬間に漂ってきた臭いが、A君には受け入れられなかった。

「変な、嗅いだこともないような嫌な臭いでね……」

臭いの正体が判明したのは、夏休みも終わりに近づいた頃。

その日B君は、工場で一人財宝を漁っている現場を、不審に思って後をつけてきた近所の大人に押さえられたらしい。その際、異常な臭気に気付いた大人が、小部屋の隅にあった物置スペースのドアを開け、中に腐乱した死体を発見した。

「自殺って話、その工場の持ち主だったみたい」

けっこうな騒ぎになった後、B君は色々な方面からこっぴどく叱られたようだ。

夏休みはまだ一週間程残っていたが、以来B君は家から出て来なくなった。

「そんでさ、休みが終わる直前、うちの親父に奴の親から電話があったそうでね。当時、俺は知らなかったんだけどさ」

内容は、B君にお祓いを受けさせたいというもの。

「自殺があった現場に入り浸ってたわけだから、縁起でも無いし、親も心配するよね、そりゃあね」

A君には伏せられたまま、彼の父親が対応したそのお祓いの場で、B君は身悶えし、涙を流しながら、例の工場が倒産するまでの経緯を最初から最後まで語りきったのだという。

「俺が話を聞いたのは成人してからなんだけど、うちの親父も相当ビビったらしい。あまりにも状況が強烈すぎて、Bの親からは随分厳しく口外を禁じられたって」

B君はその後、ケロッと何事も無かったかのように小学校に通い、卒業と同時に親の都合で町を離れたとのこと。

「奴とはそれっきり。まぁ、俺がちょっと怖いのは、Bがその自殺したオッサンに取り憑かれるか何かしてたんだとして、どうして何度も俺らをあの場所に誘ったのかってことでね……あれ、誘われる度について行ってたらどうなってたんだろうなと……」

擁壁の扉

「小学生の頃までは絶対にあったんだよね」

Ｉさんはそう言って頭を抱えるようにした。

「両開きの、六〇センチぐらいかなぁ、重々しい感じで、やけに凝ったデザインの」

と、空中に両手でベルのような輪郭をなぞる。

「絶対にあったんだよ、私だけじゃなく、友達も覚えてるし……」

それは、彼女の実家の近所にあった。

急な坂道の中ほど、道路わきの斜面に設けられたコンクリート擁壁《ようへき》。

苔《こけ》むして常に湿っぽく、つる草がへばりついているその壁の端に、扉。

「これ、なんでこんなところにあるんだろうって、ずっと不思議だった」

友達の家に遊びに行く途中、ピアノ教室への道すがら、その坂道を通るたびに、立ち止まったり横目で見たり、気を取られることが多かった。

「大きめの鍵穴が付いていたから、木の枝を突っ込んだりとか、雪が降った時には雪を詰めてみたり、色々イタズラしたな。もちろん、開けてみようともしたけれど……」

鍵がかかり、がっしりと重い扉はビクともせず、開けることはできなかった。

「まぁ、見た目からして簡単に開けられるようなシロモノじゃなかったしね。子供の気まぐれっていうか、一応チャレンジしてみたくなるでしょ」

どうあれ、それは当時、確実にそこにあった、そのことは間違いないと語る。

「だからあれ、どのタイミングだったんだろうなぁ、ピアノ辞めて、あの坂道をあまり通らなくなって……小六の夏ぐらいにはまだあったから、それ以降か……」

扉は、いつの間にか消え失せていた。

「中学は坂道とは逆方向だったし、部活なんかも始まって、そっちに気を取られていたのもあると思うんだけど、しばらく扉の存在を忘れてたっていうか、目に入らない以上、気にするまでもなくなってたんだよ、別に大事なものってわけでもないし」

そのため、扉がいつ完全に消えてしまったのかに関して、彼女には一切の記憶がない。

「気付いたのは中三の時だった、部活も引退して、塾の夏期講習に行く途中で『あれ、無いな』と……幼馴染の女の子と一緒だったんで『ここに扉あったよね?』って確認したら、その娘も『あったね、そういえば』って……」

取り外されたにしては名残も無く、まるで最初から扉など無かったかのように、存在感ごとかき消えていた。

「妙だったんだよ、あまりにも自然に無くなっていて、だからかえって違和感があったんだ、それで――」

住んでいた地区的に、扉があったことを覚えていそうな同級生や後輩に声をかけ、Iさんは、その存在を確認して回った。

「そしたらやっぱりみんな覚えてたんだよね、扉のこと。でもね、あれがいつ無くなったのかに関しては誰もハッキリ覚えてなくて……それに、親だったり、近所の大人なんかに訊くと『そんなのあったかな?』とか『無かったと思うよ』とか、そんな反応でね、モヤモヤしたまま、その時は終わったんだ」

それから月日が過ぎ、成人式の日のこと。

「式が終わってから、謝恩会までの空いた時間で、卒業した小学校や中学校を訪ねてみようって話になって、当時の同級生達と一緒に、ちょうど例の坂を通りかかったんだよ」

すると、コンクリート擁壁の前で同級生の男子が立ち止まり「昔、ここに扉があったよな」と言った。

「彼は私とは学区は同じでも地区は違ったし、そんなに親しくなかったせいもあって、扉のことを覚えているのは意外な感じがしたな」

何人かの同級生が同意を示し、一時的に盛り上がりはしたものの、それ以上の話にはならなかった。

「久しぶりに扉の話が出たから、ちょっと懐かしかったんだけど、その後で……」


小中学校への訪問が終わり、謝恩会の席でのこと。

Iさんの元に、先ほどの彼がやって来て言った。

――お前、あの時いたよな？　あの扉の中に誰か入った時にさ。

その不意な言葉に、彼女は凍り付いた。

「それまで完全に記憶からすっぽ抜けてた。彼が私に『誰か入ったよな？』って言った瞬間に、あの扉に入って行く『誰か』の映像が頭に浮かんで……」

開いた扉の中に頭を突っ込み、尻をこちらに向けている誰か。

――あれ、誰だっけ？　覚えてないか？

彼はそう続けたが、Ｉさんも、それが誰だったのか、思い出せない。

「でも映像だけは鮮明に覚えているんだよね、なんでそれを忘れてたのかってくらい」

いつだったのか、誰だったのか、他に誰がいたのか、彼も覚えていないという。

「その光景だけを、さっき坂道で思い出したんだって、彼が言って……」

二人で懸命に記憶を探り合ったが、ダメだった。

多分同級の誰かだったのではないか？　と会場を見回すが、それらしき人間は皆無。

「扉はあった、これは確実。でもキレイさっぱり無くなった、これは事実。でもそれがいつのことだったのか、あの中に入ったのは誰だったのか、わからないまま……」

——扉に入った奴と、俺と、お前と、何かなかったっけ？　何だっけ……。

そう言った彼の言葉に、Ｉさんもどこか覚えがあったが、答えられなかった。

「彼と仲が良かった記憶はないし……扉のことも含めて、謎としか言えないね」

ただ、その扉に入った「誰か」を思い出そうとすると、なぜか悲しい気持ちになるのだとＩさんは言った。

お見合い不成立

F氏は四十代の独身男性。

勤め人で収入も良いが、婚活では連戦連敗だという。


その日の昼過ぎ、彼は海沿いのホテルにチェックインした。

やっと取れた二連休、普段の憂さを晴らすための一人旅。

「一泊二日ですけど、ゆっくり温泉に浸かって、旨いもの食べて酒飲んで、あとはグッスリ眠れれば良いなと思っていました」

部屋に荷物を置くと、ひとっ風呂浴びてから、さっぱりした体で散歩に出た。

ホテルの周辺は漁港になっており、海風が心地よい。

水平線を眺めながらぼんやり歩いているうち、なぜか不意に死にたくなった。

「気が付くと、どの辺で死のうかなって考えていました、ほんと、突然そうなっちゃったんですね」

フラフラと歩を進めているうち、死ぬのに良さそうな防波堤を見つけ嬉しくなった。

「ポケットに石でも突っ込んで、あそこから海に飛び込んだら良いんじゃないか、なんて、けっこう穏やかな気持ちでそんなことを考えていました」

道端で手ごろな石を探しながら、防波堤を目指す途中、海に沿った一本道の向こう側から、同じようにフラフラと歩いて来る人がいた。

ふわりとしたワンピースを着た、若い女。

透き通るような白い肌に、麦わら帽子。

残暑の中でも涼し気なその様子は、F氏の目を引いた。

「いや、ずいぶんキレイな娘だなって」

彼女もまた、F氏と同じように海へ飛び出た防波堤の方に顔を向けている。

——これじゃあ、せっかく飛び込んでもすぐに見つかってしまう。

彼女をいったんやり過ごし、人気《ひとけ》のないのを確認してから飛び込もう。

そう心に決めて女とすれ違うと、しばらく道を進んだ後で引き返して来た。

「そしたら、あっちの反対側から、またあの娘が歩いて来たんです」

再び防波堤の入口ですれ違い、しかたなく歩を進めるF氏。

大分長いこと歩いた後で、今度こそと振り返り、三度《みたび》防波堤を目指す。

「何でなのか、やっぱりあの娘も同じように引き返してきて……」

あろうことか防波堤の入口に陣取り、海を眺めはじめた。

すっかり興を削がれたF氏は、自殺を延期し、そのままホテルに戻った。

「それでホテルに着いた途端にですよ、ダーッと冷や汗が出て」

そもそも、死ぬつもりなどなかったのだ。

どうして自分は、ついさっきまであんなに死にたかったのだろう。

「魔が差したとしか言えないですね、危なかった」

正気に戻ったF氏は、部屋に入るとそのまま横になった。


気付けば、外は日暮れの時間帯。

いつの間に寝入ってしまったのか、もうすぐ夕食の時間である。

ふと窓の外に目をやると、海沿いの道路で赤色灯が点滅しているのが見えた。

昼間、F氏がうろついていた防波堤付近。

妙な胸騒ぎを覚えた彼は、ホテルを出ると現場に向かった。

キョロキョロと様子を伺いながら、路肩にいた野次馬に声をかけると「今しがた遺体が上がった」と教えてくれた。

「何故か『あの娘だ』って直感があったんですよね」

昼間に何度もすれ違った、ワンピースの娘。

もしや彼女も、自分と同じように魔が差したのでは？

しかし遺体らしきものは、警察が管理しておりF氏には確認できない。

「それで、付近にいた人達に、どんな人だったのか聞いて回ったんです」

すると遺体を目撃したという漁師らしき男性が、首をすくめながら手を広げた。

——こんなだぞ、見るもんじゃねえ。

「腐敗して、膨れ上がっていたってことだったようです」

あれ？　すると、あの娘ではないのだろうか？

さっきの今で、そこまで腐敗が進むとは考えにくい。

いや、待てよ、もしかすると——。

「あの娘、あの時点でもう死んでたんじゃないかなって、だからアレは、生前の彼女の姿で、つまり幽霊ってことだったのかなと……」

自分が急に死にたくなったのは、彼女に引っ張られたからでは？

彼女は誰かを道連れにしようと待ち構えていたのでは？

「変な話ですけど、そう考えると、何だかスッキリしたんですよね」

自分は自殺企図を持つような人間では無い。

何か特別な理由でもない限りは。


しかし、ではなぜ、彼女はF氏が自殺するのを邪魔したのだろう？

その気にさせておいて、道連れにはしなかったのだろう？

「あっはっは、多分僕が不細工だからじゃないですか？　あの娘にも好みはあっただろうし、あんなキレイな娘の道連れになるには、僕なんかじゃルックス的に力不足だったんでしょう、何度もすれ違って吟味した結果『やっぱダメだな』って思ったんでしょうね。まぁラッキーだったのかな」

次の日、例の防波堤に花束を供えてから、F氏はその町を後にしたそうだ。

笛音

二十代のRさんとLさんは同い年の幼馴染。

「ちょっと不思議なことがある」とのことで二人一緒に話を聞かせてくれた。

彼女たちは家が隣同士で、保育所から小、中、高校と同じ学校へ進み、高校卒業後は、それぞれ別な地元の企業に就職、現在もよく一緒に出かける仲だという。

姉妹のように育ってきた二人は、幼少の頃より、ある音を聞き続けていると語る。

「私たちの実家の近所に、原っぱっていうか、今は何もない土地があるんです」

〝今は〟何もないが、以前は小さな社が建っていた。

「小学生ぐらいの時にはボロボロになってて、そのうち完全に朽ちてしまいました。何が祀られていたのかは定かではないです、亡くなったうちのおじいちゃんも『かかわりのない社《やしろ》だ』って、朽ちるにまかせていましたし」

どうあれ、その土地は今現在、誰も手を着けず荒れ放題になっている。

「昔から、それこそ保育所に通っていた時から、その土地の横を通るとピーピーって、笛を吹くような音が聞こえるんですね」

それは、彼女たち二人共に聞こえるらしい。

「でも私たちの両親や、他の友人なんかには聞こえないようで……どうやらLと私にだけ聞こえているみたいで」

近辺を歩いていると、草が生い茂った野原から、昼夜を問わず聞こえてくる音。

どこか物悲し気な、張りのない笛の音、もちろん誰も笛など吹いていない。

「まぁ、それだけなんですけれど……ほんと、何かスミマセンささいなことで、あ、ちょっとトイレ」

そう言って席を立ったRさんを横目に、さっきからずっと黙っているLさんに話を向けると、彼女は少し逡巡してから「実は、私はもう聞こえないんです」とささやいた。

彼女は、しばらく前から会社の先輩と付き合っているそうだ。

「それからです、笛の音が聞こえなくなって、一応、話は合わせていますけど……」

なぜかRさんには、内緒にしている様子。

もう少しつっこんで話を聞こうとした私を、Lさんがジェスチャーで制した。

見れば、Rさんがトイレから戻ってくる所だった。

こちらも察して、口を噤《つぐ》む。

「ね、あの音なんなんだろうね、私たちだけに聞こえるって、不思議だよねぇ」

どこか嬉しそうにそう言うRさんに、しっかりと笑顔を向けるLさん。

それに合わせ、私も笑顔を作った。

ババ

今から二十年ほど前、C氏が高校生だった頃の話。

「いよいよ間もなく壊されますよっていうんでね」

当時、近隣の中学と統合されたことにより、C氏の出身中学は既に廃校となっていた。

校舎はしばらく残されていたが、老朽化が進んだ古い木造建築のそれは、他の使い道も見つからず、取り壊しが決まっていたのだという。

「それで、最後にみんなで中学校見に行こうぜってなったんだよな」

普段から休みともなれば一緒に遊び回っていた、同じ中学出身の悪友五人組。

その夜も、彼らはC氏の家に集まっており、夜通しゲームをするつもりであった。

そんな中で出た「そういや学校壊されるってな」という話。

軽く酒も入り、気持ちが高揚していた彼らは、その話題につられ、真夜中であるにもかかわらず連れ立って中学校へ向かった。

「何時ごろだったかなぁ、二十四時は過ぎてたと思うよ」

ヘラヘラと笑い、意味も無く小突き合いながら進む、在りし日の通学路。

気付けば、夜の闇にのまれ黒々とそびえ立つ校舎が目前に迫っていた。

「正面玄関の前に立ってね、どうにかして中に入れないかなと思って、入口の扉をガチャガチャやってたんだけど」

――もしかすると、まだ警備システムが有効かもしれない。

誰かが言った用心深い一言で、C氏はその手を止めた。

「なんだ、それじゃあツマんねえなって」

振り返ると、仲間の一人がある建物を指差していた。

「うちの学校は音楽室と理科室だけ別棟になってたんだ、渡り廊下でつながった離れみたいな感じでね。それを指差して『あっちなら大丈夫じゃない?』っていうわけ」

なるほど、見れば月明かりに照らされ、既にところどころガラスが割れた別棟は、どこからでも中に入れそうな雰囲気である、あれでは警備もクソもないだろう。

意気揚々とそちらに向かって歩いているうちに、更に誰かが言った。

——そういや、ババアが出るって話あったよな。

離れになっている通称「理科棟」には、老婆の幽霊が出るという怪談話が伝わっていた。

「ああ、ちょうどいい、じゃあ肝試しだなって」

入口は木製の引き戸で、一応、南京錠で施錠されていたが、何回か力を込めると、腐った柱に固定された留め具ごとボロリと外れた。

ガラガラと戸を引いた先には、二十メートル程の真っ直ぐな廊下。

左側は音楽室、そして突き当たり奥に理科室がある。

一人ずつ中に入り、音楽室と理科室の扉を開け、老婆の幽霊を挑発するような言葉を述べてから入口に戻って来るというのが、その時のルールであったそうだ。

入り組んだ経路などなく、進むのは一本道。

振り返ればすぐに入口が見えるわけであるから、緊張感のかけらもない。

「ババアいるぅ?」

「ババアただいま!」

等々、老婆の幽霊をコケにしながら笑い含みで進行するそれは、肝試しというより、さながらコントのような展開になっていった。

「俺が最後だったんだけど、もうネタも出尽くしたよなぁみたいな感じで、怖さなんか全然なくて、何か気の利いたこと言わなきゃっていうことしか考えてなかった」

音楽室の引き戸を開け「こんばんはージジイでーす」と言ったC氏だったが、入口から笑い声は聞こえてこない。

「うわ、スベッたと、恥ずかしくて入口の奴らを見れなかったから、そのまま理科室に向かって歩いて行ったんだ」

次もスベッたら絶対に馬鹿にされてしまう、しかしいくら考えても良いネタは浮かばない。

頭を捻りつつ、行き当たりばったりの閃きに賭けて理科室の扉を開けた瞬間だった。

ボーン、と音楽室からピアノの音らしきものが響いた。

「いや、おかしいんだよ、音楽室にはもうピアノなんて置かれていなかったんだから、そんな音するハズないの」

ハッとして振り返ると同時に「逃げろ!」「早く!」という叫びが聞こえてきた。

入り口の四人が、口々に何事か叫び、大きく手招きをしている。

異常を自覚したC氏は、ドタドタと廊下を走りだす。

その時、背後に何か気配を感じた。

「反射的に、考えるでもなく振り返っちゃったんだよね、理科室の方を」

そこには、天井に頭が届きそうなほど大きな白い人影があった。

「ひょろっとした、やけに手足の長い、ほんと何だったんだろうアレ」

素っ頓狂な声をだし、理科棟から飛び出したC氏と並んで、他の四人も走り出す。

脇目もふらず走り続け、一息ついたのはC氏の家に着いてから。

——おい、ババアの幽霊じゃなかったのかよ。

——あんな身長のババアいねえよな。

——つーか、幽霊ってホントに居るんだな。

興奮気味にそんなことを言い合う彼らだったが、そのうち一人が突然「ああ！」と声をあげた。

ビクッとして全員が彼の方を見やると「俺、わかったよ」と一言。

「そいつは『ババアじゃなくて、馬場だったんじゃねえ？』って言ったんだわ」

国民的プロレスラー、東洋の巨人ことジャイアント馬場。

つまり、天井まで届きそうなほど長身の、ひょろりとした幽霊のフォルムをして、アレを「馬場」だと形容した生徒が昔いたのだろう。それが時を経る中でいつの間にか「ババア」に変わっていった、彼はそう主張したそうだ。

「今思い出せば笑えるけど、当時は全然笑えなかった。その説が正しいなら、つまり俺等が見たモノと同じモノを以前に誰かが見たってことでしょ？　つーことはアレは、昔から本当にそこに居たってことになるんだからさ……」

四人の弁では、それはC氏が理科棟に足を踏み入れて間もなくの段階で、既に理科室前に現れ始めていたという。

「最初はモヤっとした不定形だったらしいんだけど、俺が理科室に近づくにつれ段々人の形になっていったらしい。アイツらはずっとそれに気を取られていたせいで、俺がつまんないこと言ったのも聞いてなかったみたいでね、ホントそれだけは救いだったわ」

校舎は、理科棟を含め、今はもうすっかり更地になってしまっている。

「アレはどこにいったんだろう、引っ越ししたのかなぁ、馬場」

C氏は懐かしそうにそう言って、タバコをふかした。

川奈まり子

侵入者

一昨年、山村恵さんは、防犯のために自宅アパートの玄関に人感センサーを取り付けた。

彼女は都心部にある勤め先に通いながら、板橋区で独り暮らしをしている。アパートの周辺は残念なことに治安が良いとは言いがたく、そのときは夏が近かったせいか、痴漢注意を呼び掛けるポスターが町のそこここで目についた。

そこで設置を思いついたのだが、恐ろしいことに付けてから数時間後に早くも作動した。

しらじらと夜が明けはじめた午前五時頃、突然、人感センサーのランプが点灯してブザーが一回鳴ったのである。

ここは1Kの間取りで、寝ているところからガラス障子《しょうじ》越しに玄関が見えた。

センサーは玄関の内側に取り付けた。従って、そこに何者かが侵入したはずだった。

しかし誰もいない。

恵さんは起きて玄関に行き、ドアが施錠されていることを確かめた。鍵はもちろん、チェーンまでしっかり掛けてあった。

センサーの誤作動だろうと思いながら蒲団に戻りかけた……と、今度は「ピンポォォォン」とインターホンが鳴った。

外に誰か来た。だが、彼女はドアに付いている魚眼レンズを覗くことが出来なかった。人感センサーが反応しただけなら誤作動で納得できたけれど、インターホンまで鳴らされるのはさすがに奇妙で、怖くなったのだという。

しかし、もちろん本当に人が訪ねてきた可能性があると考えた。

そこで彼女は、恐る恐るドアの向こうへ呼びかけた。

「どちらさまですか？」

答えはなかった。

その日は一日、落ち着かない気持ちで過ごし、夜、仕事から帰るとすぐに、人感センサーが正常に動くかどうかテストしてみた。

機械には問題がなかった。そのことには安心しつつも、では昨夜のあれは一体なんだったのかとゾッとして、早々に蒲団を被って寝てしまうことにした。

――いきなり墜落したかのような驚愕を覚えて、恵さんは目を覚ました。

玄関の方が眩しかった。人感センサーが点灯しているのだ。

凍りついて見つめていると、ランプは間もなく消えた。

再びインターホンが鳴らされるのだろうか……。恵さんは蒲団《ふとん》の中で身構えた。

すると、ミシッと間近で床が軋《きし》んだ。

咄嗟《とっさ》にそちらを向いたが、暗闇が澱《よど》んでいるだけだった。

が、ひと呼吸する間もなく、その闇が塊《かたまり》となって恵さんの方へ押し寄せてきた。

何者かが全身で彼女に抱きつき、のしかかってきたのである。

しかし目には何も映らない。体をまさぐる手の感触、腰を使って押さえつけてくる膂《りょ》力《りょく》は、間違いなく男のものなのだが。

恐怖のあまり喉が詰まって悲鳴が外に出ていかなかった。必死でもがき、見えない男の下から這い出たが、足首を掴んで引き戻されかけ、蹴って逃れた。

そして部屋の隅でうずくまって息をひそめていると、しばらくして、再び人感センサーが灯ってブザーが鳴り、ほどなく消えた。

侵入者が出ていったのだ。

その夜はもう寝る気がせず、朝まで起きていた。

恵さんは、同じ部屋に今でも住んでいる。

怪しい何かが侵入したのはあのときだけだから平気だとおっしゃる。

そんなものかもしれない。が、ひとつ気になることがある。

恵さんのお宅の辺りで、惨殺された男性の遺体がアパートの一室で見つかり、部屋の借主の女性が失踪するという事件が一九九〇年頃に起きているのだ。

当時、事件を報じた記事によると、現場にはこんな遺書が残されていたという。

《おとうさん、わたしもおとうさんのそばに行きます、でもわたしがおとうさんをころすなんてゆめにもおもわなかった、あのよでふたりでやりなおそうね》

……事件現場と恵さん宅の住所が被るようだからといって、謎の侵入者の正体がわかったとまでは言えない。

失踪した女性は青森県で入水自殺を遂げたそうで、恵さんと年齢が被るようだが……だから何という話でもなかろう。

知らせ

仮名を田中典夫さんとする。二〇〇三年の八月中旬のこと、彼と幼馴染のAさん、Bさんは夜にAさん宅で飲み会をやることにした。

典夫さんはBさんより先に着いた。Aさんを手伝って酒肴を準備していると、外からバイクのエンジン音が聞こえてきて、間もなくヘルメットを持ったBさんがやってきた。

そこで早速ビールで乾杯したのだが、Bさんが急に、「あれ？　あれれ？　背中がチクチクするぞ！」と騒ぎだした。

「痛い痛い！　ちょっとTシャツをめくって、背中がどうなってるか見てくれ！」

こう言って典夫さんに背を向けたのでTシャツを捲ると、そこにとびきり大きなカブトムシが貼りついていた。間抜けにも程がある、と、思わず吹き出してしまったが、

「バイクで走ってきたのに、こんなのがTシャツの中に潜り込むわけがない！」

と、Bさんは真顔で典夫さんたちに訴えた。

Aさんが窓を開けてカブトムシを外に放し、夜空に向かって飛んでいったカブトムシ

を揃って見送った。そのときちょうど、点けっぱなしにしていたテレビのニュース番組が、埼玉県熊谷市で殺人事件があったことを報じはじめた。

派手な事件の第一報だったので、なんとなく三人とも番組に注目したところ、典夫さんたちがよく知っている顔が画面に映った。

「ヒデだ！　殺されたなんて嘘だろう？」

――幼馴染のうちの一人、ヒデが酷い拷問を受けた末に刃物で惨殺されたのだった。

子どもの頃、典夫さんたちは夏になるとよく甲虫を捕りに行ったものだった。捕ってきたカブトムシやクワガタを戦わせて遊んだことも数知れず。

ヒデは、強いカブトムシを見つけるのが上手かった。

信じられない思いで、その場ですぐに典夫さんはヒデの実家に電話した。

「ああ、おばさん？　典夫です。今ニュースを見たんだけど……」

「そうなの！　そうなの！　死んじゃった！　うちの子、殺されて死んじゃった！」

電話の向こうから、長い長い嗚咽が流れはじめた。

熊谷男女四人殺傷事件で亡くなったヒデさんのご冥福をお祈りいたします。

感染

先日、神話学の研究者である沖田瑞穂先生と映画『リング』の貞子について話をした。沖田先生によると、貞子は人々を死に誘いつつ、自己を増殖することで歪んだ「生」の役割を果たしているとのこと。これを、さまざまな神話の中で女神／女性が命を生むと同時に命を呑み込み死に至らしめるものとして描かれてきたことと考え合わせると、貞子は怖い母性の顕現者ということになるわけだ。

確かに、数ある幽霊の中でも貞子は無差別に殺人をする点で特異である。お陰で四谷怪談の於岩《おいわ》のように恨む相手を殺したり、牡丹燈篭《ぼたんどうろう》のお露《つゆ》の霊が愛人を憑り殺したりするのとは怖さの度合いが違う。誰も貞子からは逃げられないのだ。しかも、増えるし……。

貞子と似たような手口で人に害をなす幽霊が珍しくなくなってきたら恐ろしい。どうしてそんなことを考えているのかというと、こういう話を聞いたからだ。

四国の地方交通線で運転士を務めている四〇歳の越智進さんは、あるとき新米車掌のAさんと一緒に某駅の宿舎に泊まることになった。

翌朝の始発電車を動かすために、最終列車の終着駅で待機するのだ。進さんはベテランだから数え切れないほどそこに泊まったことがあった。一方、Aさんは初めてだ。

件の宿舎は昔の処刑場跡地から近く、そのせいか幽霊が出ると鉄道職員の間で噂されていて、Aさんは最初からひどく怯えていた。

「あの駅に着くと、電車を降りる前から吐き気がするけん。僕は霊感があって、幽霊がおるところでは体の具合が悪うなるんです」

進さんは鼻で笑った。「俺は何度も泊まっとるが、いつも何ともないわい。どうせ先輩たちからオバケが出ると聞かされて怖がっとるんじゃろうが、幽霊なんておるわけがない」

しかしAさんは尚も怖がった。廃線寸前のローカル線だから、最終列車と言ってもまだ黄昏時で辺りは明るい。なのに、問題の宿舎の敷地に入ると、脂汗ダラダラ、顔面は真っ青、全身ガタガタと震えだす始末。病的なほどの怯えっぷりだ。

これを見て、進さんは一種の荒療治を思いついた。

「どこがおとろしいか指差してみぃ。そこをスマホで写真に撮るけん、一緒に見ようや」

心霊写真なんぞ全部つくりものだ。進さんは、そう信じていた。

だから、幽霊が写っていない写真をAさんに突きつけることによって、オバケの不在を証明してやろうと考えたのだ。いないとわかれば怖くなくなるはずだから……。

Aさんは、宿舎の敷地内に放置されている一棟の廃屋を真っ直ぐに指し示した。

「あそこが特に厭な感じがします」

進さんはそこをスマホで写した。映った画面を見ると案の定、変わったところは見当たらず、すぐにいつも連絡を取り合っているSNSでAさんのスマホに写真を送った。

「見てみぃ！　な？　ボロ屋が写っとるだけじゃろう？　幽霊なんかおらんわい！」

ところがAさんは写真をひと目見て悲鳴をあげ、その場にうずくまって嘔吐《えず》きだした。

そして涙目で進さんを睨んで言うことには、「その写真見たら吐き気が酷うなった！やっぱり、あっこには何かおるんですよ！」

進さんは納得がいかなかった。彼らが働く地方交通線は時代の流れで寂《さび》れ、昔は幾つもあった宿舎の棟は一棟を残して廃墟になっている。山肌が間近に迫って昼でも薄暗く、辺りには人気もないし、不気味な場所には違いない。が、今は夕焼け小焼けで赤トンボが飛んでおり、写真を見る限りでは木造の廃屋はレトロな趣とも思え、むしろ長閑な景色だ。

どうしても解せない。そこで進さんは他の人にもこの写真を見てもらうことにした。

みんなが普通の写真だと言えば、幽霊や霊感などというものは此の世に存在しないのだとAさんにもわかるのではないか……。そう思ったのである。

早速、後輩の女性運転士・Bさん、同僚のCさん、先輩のDさんにSNSでその写真を送り、「Aがこの写真を見て具合が悪くなったと言ってるんだけど、どう思いますか？」とテキストで訊ねた。

女性運転士のBさんからはすぐに返信が来た。

《私には普通の写真に見えるけど、友だちに霊能者がいるから、その人に送って、霊視してもらいます》

次いで、先輩のDさん、同僚のCさんの順で返事が送られてきた。

Dさんは《ダメダメ！　写真の中から悪意を感じたから一瞬で削除したわい！　わしそういう勘が鋭いんじゃ！》と書いて寄越したので、《変なものを送ってしまって申し訳ありませんでした》と進さんは急いで謝った。

Cさんは《ヤバいものなんですかね？》と、Dさんとは対照的に反応が鈍かった。

《ヤバいかどうかわからんけん、Bさんの知り合いの霊能者に見てもろうとるところ》

その夜、Bさんから報告が送られてきた。霊能者から回答を得たとのことだったが。

《心霊写真だということは一目瞭然で、霊感がなくてもわかるって。「廃屋のところを拡大しなはれ」と言われて、やってみたところ、本当に幽霊が写ってました。霊視の結果、これは自殺した女性で、かなり良くない写真だから捨てるべきだとアドバイスされました》

進さんはすぐにスマホの画面で廃屋の部分を拡大してみた。

すると、一階の窓の奥に、横向きの人物が立っていることがわかった。

深く俯いた、まるでお辞儀をしているかのような姿勢で、両手をだらんと前に垂らしている。顔が長い髪に隠されているが、女性だということはわかった。胴回りや腕の細さ、白っぽいワンピースを着ていることなどから、おそらく若い人だと思われる。

そして、胴体の後ろにある棚や壁がうっすらと透けていた。

——こいつは本物や！　心霊写真って、みんな嘘ってわけじゃなかったのか！

進さんは興奮した。幽霊がいるなんてくだらないことを言うもんじゃないと思っていた彼だったが、真実を証拠立てるものを目の当たりにした途端、一転して「面白い！」と感じた。

Bさんの友だちである霊能者は捨てるべきだと忠告したというけれど、スマホに保存しておいて人に見せて回りたいと思った。驚いたり怖がったりといった、人々の反応を眺めてみたかったのだ。

――そうじゃ！　飲み会で回覧させようやないか！　きっとウケる！

翌日、進さんはまた問題の駅に泊まることになった。こんどは同期の運転士・Eさんと一緒だった。

新人のAさんは体調不良のため、始発を動かした後に早退してしまったのだった。

進さんも今朝から食欲がなくて全身が怠かった。

――Aのヤツ、昨日、体調が悪うなったんは霊感のせいじゃのうて、腹風邪をひいておったんやないか？　それがわしに伝染《うつ》ったんじゃわい。そう思うと辻褄が合う。

進さんはEさんにはまだあの写真を見せていなかった。二人は付き合いが長くて気心が知れている。それなのに彼がEさんに写真を送らなかった理由は、以前、Eさんが心霊写真をお寺でお焚きあげしてもらったと話していたからだ。

　Eさんは心霊写真が存在することを信じていた（今では進さんも信じているが）から、Aさんに対して幽霊がいないと証言してもらうには不向きだと判断したのである（結局のところ進さんも幽霊はいると確信することになったわけだが）。

「Eさんなあ、ちょっとこれ見てください。昨日そこで撮った写真なんじゃけんど、ほれ、こうして拡大すると……な？　本物の幽霊が写っとるんですよ！」

　Eさんはひと目見ただけで顔を引き攣《つ》らせた。

「ここに写っておるんは凄く禍々《まがまが》しいもんですよ！　これは持っとかんといてください！」

「あ、そう？　でも、飲み会なんかで見せたら絶対熱いウケ方するけん、スマホに保存しときたいんじゃが……」

「越智さんはわかっとらん。心霊写真のお陰で俺の家族は散々、怪奇現象に悩まされたことがあるんじゃよ。怪しいことが起きたのは家の中だけじゃけん良かった。もしも電車でいなげなことが起きてごらんなさい！　重大な人身事故が起きないとも限らん。今後もしもこの線で事故があったら、俺は、越智さんのその写真と関連づけますよ！」

運転士にとって最も恐ろしいのが、乗客が死傷するような大規模な事故だ。この写真のせいで事故が……と想像すると怖くなり、かつまた、いつか事故が起きた場合に自分のせいだとEさんに思われるのが厭だったので、進さんはその場で写真を削除した。

「ほら、消したわい。うーん、残念じゃ！」

「よかった。写真送った人たちにも削除を勧めちゃってつかぁさい」

——運転士のBさんは霊能者に相談したとき消したじゃろうし、D先輩は即座に削除したと言いよったけん、俺から消せと言わんと放っておいても、構わんやないかな？

そのとき、Eさんが「あれ？　なんだか気分が悪うなってきた。あの写真を見たせいかな……」と呟いた。

「風邪が伝染ったんやないか。Aくんが腹風邪ひきよって、昨日もどしとったけん、俺も今朝から体の調子が悪い」

進さんは軽く考えていた。

しかしその明くる日から、Aさんだけでなく、運転士のBさん、同僚のCさん、先輩のDさんも体調不良で会社を休みはじめた。これでは仕事が回らなくなってしまう。だから進さんは出勤を続けたが、彼自身も、微熱が続いて胃腸の調子も戻らなかった。

写真を削除してから四、五日して、進さんはEさんに「話があるけん」と呼び止められた。聞けば、かつて心霊写真トラブルの際にEさん一家と知り合った霊能者とEさんの妻が昨日会ったところ、その場で霊能者が例の写真について話しはじめたのだという。

Eさんは、妻にさえ進さんに幽霊の写真を見せられたことを打ち明けていなかった。にもかかわらず、その霊能者は「旦那さんが数日以内に強烈な写真見たはずだ。そこに写っとったのは自殺した女性なんよ。伝わってくる思念が強うて悪意に満ちとるけん、ひと目、見ただけで障りがある」とEさんの妻に言ったというのだ。

「ピタリと的中させとるけん、おとろしか！　あれから俺も具合が悪いし、越智さんも死にそうな顔色じゃ。写真を見たもんが全員、体調が悪うなっとるのと違うか？　本当にみんなに写真を削除させたよね？　大丈夫？」

Eさんから心配されて、進さんも不安になった。

「……あっ！　Cさんのことを忘れとった！」

進さんは急いでCさんにSNSで連絡を入れようとした。すると、Cさんと彼がやりとりしているページに、まだあの写真が貼りつけられていることに気がついた。

スマホの写真フォルダから画像を削除しても、SNS上には画像が残るのだ。

――うわ！　また見てしまった！
進さんは急いでその写真の送信を取り消した。
《Cさん、こないだの写真保存してない？　もしも保存しとったら削除して！　こりゃ障るものなんじゃと。写真見た連中、全員病欠じゃ。俺も体調が悪い。持っていちゃいけん》
それから進さんは、Aさん、Bさん、Dさんのページを巡回して、例の写真の送信をすべて取り消した。
相手側ではすでに削除して見えない状態なのかもしれないが、送り主が送信を取り消さない限りSNSには画像が存在し続けることは、それまで盲点だった。
やがてCさんから返信があり、やはり写真をスマホに保存していたことがわかった。
《俺は原因不明の高熱で重症じゃ。スマホから写真を消したら良うなるかなあ？》
《ごめんね！　早う元気になるように祈ってます。ところで念のために確認したいんじゃけんど、誰かにあの写真転送した？》
《してない……と思う。でも、正直、頭がボーッとして、ここ数日、自分が何をやったのか思い出せんのや。もしかすると誰かに送ったかも》

《SNSで送った場合、写真の送信をCさんが取り消さんと完全には消えないけん。此の世に残すまいと思ったら、相手が削除しただけじゃあかん。気いつけてね》

Cさんは《わかった》と返信してきた。

SNS上から完全に写真を削除したせいか、進さんはその後たちまち快復した。

しかし、新米車掌のAさんは眩暈《めまい》を伴うメニエール病という病気を発症して、乗務員を続けられなくなり、退社してしまった。

女性運転士のBさんも、「一身上の都合で」と言って、会社を辞めた。

写真を送ったとき「一瞬で消した」と言っていた先輩のDさんは、表向き病欠扱いとされていたが、その後、殺人事件の容疑者として逮捕されていたことがわかった。Dさんの父親が変死し、毒物による故殺だとされて、刑事事件になっていたのだ。

肝腎の毒物の正体が判明せず、結局のところ真相が明らかにならないままDさんは釈放されたが、結局、辞職してしまった。

残るは、原因不明の高熱で重症だったCさんだけだ。幸い彼は三ヶ月後に復活した。

「えらい目に遭わせてしもうて、ごめんな」

進さんは、Cさんが出社するとまずは謝りに行ったのだが。

「なんのこと？」とCさんが何も思い当たらないという顔をしたので驚いた。

「ほら！　心霊写真をSNSで俺が送りつけた件や！　あれでみんなおかしうなって、写真を見た中で会社に残っとるのは、俺とCさんだけじゃけん」

忘れようがないはず。だが、Cさんは不思議そうに進さんに訊き返した。

「心霊写真？　何のことやら、全然わからんなぁ」

さらに……彼の復職から半年ほどして、ふとした折に進さんが「体の調子はもういいのか？」と気遣ったところ、Cさんは、また「なんの話？」と問い返してきて、写真の件のみならず、高熱を出して寝込んでいたのも忘れてしまったことがわかったのである。

しかし会社を三ヶ月休んでいたのは明らかなので、ひどく困惑していたという。

「あれ？　あれれ？　なんでそなぁに長う仕事を休んどったんじゃろう？　全然思い出せんなぁ。俺は三ヶ月もいったいどこで何しよったんじゃろうか？　おかしいなぁ……」

その後、進さんは事の発端の自殺者について訊ねて回った。すると、古株の整備士から、昭和から平成に変わる頃にそこで若い女性が自殺したという証言を得た。首を吊って死んでいたそうだ。

写真の女性は深く俯いて、両手を前にだらりと下げていた。あれは首吊り死体の姿だったのだ……と、進さんはこのとき初めて思い至った。

蟲に好かれる

山梨県に「おいらん堂」といって殺された遊女たちを慰霊するお堂がある。戦国時代、金山の秘密を漏らさぬように五五人もいっぺんに川に落として死なせたとのこと。しかし肝心の「おいらん淵」の方は川沿いの旧道が封鎖されたことから今は近づけないそうなので、先日、こちらのお堂を訪ねてみた次第だ。

到着したのは夜の一〇時頃だった。職業柄、怪異を期待していたが、残念ながら大したことは起きなかった。お堂の正面にある人影の見えない竹藪から盛んに足音が聞こえ、どこか近くで若い女が短い叫び声をあげただけで、正直、不満が残った。

とはいえ仕方がないから乗ってきた車に戻ることにし、自動車道へ至る小径を引き返そうとしたところ、子どもの掌ほどもある一匹の女郎蜘蛛《じょろうぐも》が顔の高さに現れて足止めされた。

来たときにはそんなものはいなかったので、糸で上から下がってきたのに違いなかった。

だが、おかしなことに、頭上を見回しても木の枝などはない。

これは怪しい。これならば怪談のネタになる。

私は興奮し、記録を残すために写真を撮るべくスマホを掲げて、女郎蜘蛛に接近した。

と、途端にそれが顔を目がけて飛び掛かってきた。

咄嗟に振り払い、すぐに足もとの地面を見回した。

蜘蛛はそこに落ちたはず。ところがどこにも見当たらない……と、思ったら、それは私の着物の裾《すそ》にしがみついていて……見つけた瞬間、シャシャシャッと駆け上ってくるではないか！

このときばかりは悲鳴を堪えることができなかった。私は大声で喚きながら、あらためてそいつを手で払い落して車へ逃げ帰った。

なぜか最近、蟲《むし》に好かれる。この夏に出演したラジオ番組では、収録中にどこからともなく大きな蠅《はえ》が出現して、私が怪談を話している間だけ録音スタジオの中を飛び回り、話し終えると忽然と消えた。しかも収録後にどんなに探しても見つからなかったのである。

そして頻繁に、子どもの頃に八王子の山の中で遭った蚊柱の夢を見る。それは埋め墓の跡に溜まった雨水に湧いたもので、黒い人影を形づくっていた。遺体を腐乱させ朽ちさせて骨にした埋め墓から立ちあがり、私に向かって「おいでおいで」と手招きするのだ。

空き地にいた獣

三月も半ばを過ぎたある日の晩に、大分県の村山慎也さんは家の外で煙草を吸っていた。

このところ不眠症の気があり、深夜になっても目が冴えて仕方がなかった。そのときも午前一時を回っていたが、蒲団に横になった途端、全身の血液が一斉にざわざわと騒ぎだす心地がして、結局、起きてしまったのだ。そして戸外で一服つけていたわけである。

しばらくは壁に寄り掛かって煙草を吸いながらスマホを見ていた。そのうち、前の空き地の真ん中に、見慣れないものがあることに気がついた。

あると言うより、いると言った方がいいだろう。非常に大きな犬だ、と、最初は思った。

それと彼がいる場所は距離にして五メートルほど離れていた。空き地の縁に立つ街灯が、銀色の毛並みを照らし出している。慎也さんの方からはおおまかに言って三角錐のような格好に見えたから、こっちに尻を向けて座っているものと思われた。

熊並みの図体だが、とても大人しいようすだ。じっと座っているだけだから脅威を感じず、彼は「おーい」と声を掛けながら慎重に近寄っていった。

それは反応を示さなかった。全身を覆う毛も、そよともしない。微動だにしないのだ。

慎也さんは次第に違和感を覚えはじめた。近づくにつれて、その獣が思っていたよりもさらに巨大なこともわかってきた。熊にしてもツキノワグマではなく、ヒグマのサイズだ。

しかも、耳が無いようだ。脚も尾も見当たらない。顔も、ひょっとすると無いのでは。

生き物の気配は確かにあるのだが。濡れた犬のような獣臭もうっすらと匂う。

それにしてもデカい。襲われたらひとたまりもないことに今さらながらに気づいて彼は怖くなり、獣から二メートルほど離れた位置で立ち止まった。

その途端、そいつの方から突風が吹きつけて、くわえていた煙草の火が消えた。

着ていた服を突き抜けて、肌に直接、叩きつけるほどの激しい風だったから、反射的に目を閉じた。風は幸いすぐに止んだ。そこで目を開けたのだが……。

獣の姿が消えていた。走り去っていく足音などもしない。虚ろな空き地があるばかり。

このことがあって以降、慎也さんは、夜、外出するたびに獣の気配につきまとわれるようになったのだという。

いつも、草むらをカサカサ鳴らす音や臭いでわかるが、振り向くと音が止まる。

日が経つうちに、尾けてくる気配が次第に濃くなってきて、最近、また夜中に車庫のそばで煙草を吸っていたら、何かが地響きを立てて空き地から駆けてきて、家の生垣をバキバキとへし折りながら襲ってきたので、慌てて玄関の中に逃げ戻ったということだ。

しかし姿は最初の一回きりしか見ていないそうだ。

その後は姿は見えず、音と気配だけだが、追いつかれたらどうなるのかわからない。だから深夜の外出は控えるようになった。でも、仕事帰りや人付き合いで帰宅が遅くなると、今でもあの化け物に尾行される、と、彼は私に怯えたようすで打ち明けた。

鳥山石燕の画集『今昔百鬼拾遺』に、毛羽毛現《けうけげん》という毛むくじゃらの妖怪が出てくる。毛羽毛現は、ふさふさした毛を生やしていて四肢が見当らない、変な姿をしている。滅多に見られるものではないと言い伝えられており、直接、人に危害を加えはしないものの、棲みつかれた家の住人は元気を失くしてしまうのだという。

近頃、慎也さんは心身の具合が悪く、心療内科に通院しているとのこと。
彼が遭ったのは、毛羽毛現だったのかもしれない。

黒木あるじ

かけじくのおと

「まあ、幽霊を見たわけではないんだけど」

そんな前置きに続き、K氏という七十代の男性がこんな体験を教えてくれた。


彼は四十年ほど前、本業のかたわら映画やドラマのロケ地を探す副業に就いていた。現代風にいえばフイルム・コミッションという肩書きになるのだろうが、当時はそのような単語も浸透しておらず、そのため交渉にとても苦労したそうだ。

「こちらは候補地を映画会社や監督に提出するだけの役なんだけど、いざロケに行って〝撮影できません〟では大変だから、念のために現地の責任者と口約束を交わしておくんだな。ただ、来るかもわからない映画の許可を求めるわけでしょ。ロケ地の人たちだって当然、〝詐欺かなんかじゃねえのか〟と怪しむわけだよ」

その日、彼は東日本の山間部にある集落を訪ねていた。

いかにも農村といった風景。田んぼや水車、小川がとても絵になる場所だった。しかし都会から遠く離れた土地ということもあってか、余所者《よそ》に向けられる目は厳しい。あんのじょう、K氏は田んぼと水車小屋を所有する男性から詰問され、芳《かんば》しい返事が得られぬまま日暮れを迎えてしまった。

「でも田舎の人って不思議なんだよ。さっきまではこちらを訝《いぶか》しんでいたのに、〝宿がないなら泊めてやる〟とか言いだすんだもの。優しいんだか冷たいんだか」

酒でも酌み交わせば、精神的な距離が縮まってスムーズに交渉できるかもな。そんな思惑にしたがい、K氏は男性の家へ同行したのだという。

たどり着いたのは、茅葺《かやぶ》き屋根の古民家だった。土間には昔ながらの竈《かまど》があり、その手前には木製の農具が無造作に置かれている。板間にあがると、炭をくべた囲炉裏《いろり》の上で、自在鉤《かぎ》に吊るされた鉄瓶が湯気を噴いていた。

「そのまま撮影しても遜色ない雰囲気に興奮したねえ。よし、どうせなら酔った勢いでこの家の撮影許可も貰おう……なんて意気ごんでいたんだけど」

皮算用は外れた。家主は囲炉裏端にK氏を座らせ、冷えた白飯にぬるい味噌汁、香の物を添えただけの膳を提供するや「布団は敷いてっから、この奥で寝れ」と汚れた障子戸を指し、自身は細い廊下の奥へ消えてしまったのである。

時刻は八時をまわったばかりと、寝るにはまだ早い。とはいえ、家人が不在の炉端に居座るのも気が引けて、K氏はしぶしぶ障子向こうの寝室へと向かった。

部屋は三畳ほどの和室だった。あまりの狭さに物置かと思ったものの、壁には筆書きの掛け軸がぶら下がっている。さりとて茶室にしては狭い。結局いかなる用途の部屋なのか判然としなかった。畳を見るかぎり掃除は行き届いているようだったが、それでも空気は埃っぽく、室内もなんだか薄暗い。唯一、異様に太い障子の桟がやけに印象的だった。

考えても仕方がない――押し入れから薄い布団を引っ張りだして、横になる。しばらく寝つけず悶々としていたが、そのうちいつのまにか眠ってしまった。

音で、目が覚めた。

暗がりのなか、ぱすん、ぱすん、と乾いた響きが聞こえている。

耳をそばだてると、それはどうやら壁のあたりから届いているらしいと知れた。

だとすれば掛け軸だろうか。しかし、なんの音だ。

気にするまいと努めたものの、音が止む気配はまるでない。

「いまみたいに携帯電話があれば、布団から液晶画面で照らしたんだろうけども。そういう便利なものがない時代だったから、電灯を点けるより仕方なくってね」

やむなく布団から半身を起こし、腕を伸ばして紐を引く。

ぼんやり明るくなった部屋のなかで——掛け軸が揺れていた。

背後から指で弾いているかのように、吊るされた紙が跳ねている。そのたびに、ぱすん、と音が鳴った。掛け軸の後ろは砂壁で、むろん人が入る余裕などない。

蛾か甲虫でも迷いこみ、暴れているんだ——おのれに言い聞かせてみたものの、信じていないのは自分自身がいちばん良くわかっている。砂壁から生えた指や、掛け軸を揺さぶる幽霊の姿が、何度ふりはらっても脳裏に浮かんだ。

真相を確かめぬまま、再び眠る気にはなれない。

K氏は四つん這いで床の間へ歩み寄ると、おそるおそる掛け軸をめくった。

「え」

虫も、指も、幽霊もいなかった。あるのは——髪だった。

鋏《はさみ》で乱暴に切り落としたようなざっくりした短い髪の束が、掛け軸の裏側に、皺《しわ》だらけの絆創膏で貼りつけられていた。

「白髪や縮れた髪も混じっていたっけ。真横に束ねられているそれを、絆創膏が縦に留めてるんだよ。十字架みたいだったといえばわかってくれるかな。いやあ、大人になって悲鳴をあげたのは初めてだった。幽霊や怪物なら理解できるけども、絆創膏と髪でしょ。得体の知れないものがあんなに怖いとは思わなかったよ」

歯が鳴るほど恐ろしかったが、深夜であるから家を飛びだすわけにもいかない。布団を頭からかぶり、まんじりともせず堪えた。音は、朝まで延々と続いていた。

翌朝、無言で帰り支度をするK氏に、家主は目も合わせず「な」とだけ言った。なにも聞かず、なにも答えず、彼は村を逃げるように去った。

それきりである。

「四十年も経つと〝夢だったのかも〟なんて思うんだけどね。でも、ひとつだけあとから腑に落ちた点があってさ。あれが関係してるのでは……と思うんだけど。ほら、寝室の障子の桟が驚くほど太かったって言ったでしょ。あれって

座敷牢のあとだったんじゃないかな。」

さきまわり

自営業を営むFさんが、二十代のころに体験した話である。

当時、彼は医療福祉系の専門学校に通っていた。彼の学校は卒業までに資格や免許の取得が必須で、そのため課題と実習に追われる日々が続く。加えて学費を稼ぐアルバイトもこなさなくてはならない。つまりは、遊ぶ余裕などほぼ皆無。おかげでストレスが募る毎日を送っていたのだという。

「たぶん、その反動なんでしょうね、いざ遊ぶとなったらハジけちゃうんですよ。その夜も、試験が終わった直後で開放感に満ちてまして。で、仲の良い同級生と〝記念になることでもしようぜ〟って盛りあがったあげく……なぜか」

きもだめしに行ったんです。

真夜中、Fさんを含む四名は車で一時間ほどの山中にある廃村へと向かった。村は高齢化に伴い人口が減少、十数年前に最後の住人が亡くなり、そのまま放棄されたとの話だった。そして、そんな村の廃屋に――出るのだという。

「なにが出るのかはわかりませんでした。場所を教えてくれた先輩は〝全滅村と呼ばれているんだ〟なんて言ってましたけど。だから、ホラー映画で見るようなおどろおどろしい雰囲気だとばかり思ったんですが」

予想に反し、たどりついた〈全滅村〉は在りし日の姿をきれいに留めていた。

四つ辻には小川が流れ、杉の下には鎮守の祠《ほこら》が残っている。さすがに田んぼは荒れ、水車も止まっていたが、それでも「人がまだ住んでいる」と言われれば、鵜呑みにしてしまいそうなほど整然とした風景であったそうだ。

「おい、本当にここが全滅村なのかよ」

「知らねえって。俺だって先輩から〝幽霊屋敷がある〟って聞いただけだもん」

「フツーの農村だったら警察呼ばれるぞ、ヤバくねえか」

この先へ行くか戻るか車内で揉めていたその最中、運転手の同級生が「あ」と呟くなり車を停めた。

ヘッドライトの光に、巨大なあばら家が浮かびあがっていた。

古民家だったのだろうか、茅葺き屋根のあちこちに穴が開いている。前庭には農作業用らしき木製の道具が幾つも投げ捨てられ、ばらばらになっていた。

「先輩の話どおりなら、ここが幽霊屋敷のはずだぞ」

「マジか、本当に来ちゃったよ」

遺跡でも発見したかのように興奮し、同級生が次々に車を降りていく。廃屋へ向かうその背中を眺めながら、Fさん自身はどうにも足が進まなかったのだという。

「上手《うま》く言えないんですが〝罠みたい〟と思ったんです。手前のおだやかな村は此処《ここ》までおびきよせるための餌なんじゃないか……そんな気がしたんですよね」

そんな彼の心中など知るよしもなく、同級生たちは農機具をサッカーボールのように蹴ってみたり、使い捨てカメラで暗闇を写したりと気ままに騒いでいる。

と、ひとりが「お、開きそう」と言うなり縁側の傾いだ雨戸へ手を伸ばした。

「おい、さすがに不法侵入は……」

Fさんが窘《たしな》めた直後、内側から雨戸がはずれ、なにかが室内から飛びだした。

異様に白い顔の、不気味なほど手足が細い人影だった。

針金じみた影は、どさささっ、と土を殴りつけるような鈍い足音を響かせてすさまじい勢いで彼らの脇を走り抜けると、水車小屋の方角へ消えていった。

何処をどう逃げてきたのかはあまり記憶にない。気がつくと、一行は運転手の同級生が暮らすアパートへ車を走らせていた。

「……見ちゃったな、ヤバかったな」

アパート前の駐車場へ到着すると、ようやく安堵したのか運転手が口を開く。それを契機に、Fさんほか残りの皆もいっせいに喋りはじめた。

「でも、アイツ勝手に逃げてったぞ」

「そうだよな、どこ行ったんだか知らねえけど」

「撮影しておけば大スクープだったのにな」

各々が軽口を叩いていると、それまで無言だった助手席の同級生が息を吐き、「なるほどねえ」と漏らした。見ると、彼はフロントガラスの先――二階にある同級生の部屋を指している。

「さきまわり、したんだねえ」

間延びした声に首を傾げながら、全員がアパートへ視線を移す。

居た。

真っ白な顔が、にちゃにちゃ笑いながら窓辺で手まねきをしていた。

「運転手が叫ぶなり、アクセルを踏んでバックして、車が県道に飛びだして……その後どうなったかのは憶えていません。あまりにも怖い目に遭うと、人間って記憶を消しちゃうんですね」


「……ぜひ、ほかの皆さんにも話を聞きたいのですが」

話を聞き終え、私はFさんに訊ねた。

先回りする幽霊──なのかは定かでないが、得体の知れぬ白い顔の人物──と、アパートから逃げてからの動向について、より詳しく知りたかったからだ。

しかし、Fさんは深々と頭を下げると、

「その後、いろいろありまして……現在あの連中とは連絡がつかないんですよ。なので無理なんです。力になれず、申しわけありません」

そう言いながら、横目でちらちらと周囲をうかがった。取材がはじまって以降、無意識にくりかえしている仕草。まるで、なにかに怯えているような挙動。

もしかして、まだ居るんですか──。

私の問いに答えず、彼は「じゃあ、これで」と、その場を去っていった。

なのへや

ベテラン看護師のT子さんから「場所を絶対ばれないように執筆する」という条件で、こんな話を聞かせてもらった。

いまの病院にもう十年以上勤務しているんだけどね。ある病室、しかも特定のベッドを使った入院患者さんだけ、妙なことを言うのよ。

夜になると、顔がごっそりえぐれた三人組がベッドの脇に立って、患者さんを見下ろしながら「な」「な」「な」って、ぼそぼそぼそぼそ呟くんだって。

一人か二人なら錯覚や幻覚で済ませても良いんだけど……多いのよ。

ここ十年間、私が知ってるだけで二十人くらいが「な」の三人組に会ってるの。声だけ聞いたって人もいれば、その目で明瞭《はっき》りと見た人、なかには腐ったようなにおいを嗅いだと主張する人まで、体験の度合いはバラバラなんだけどもね。

いやいや、対処なんかしないわよ。だって「変なものが出ましたから、病床を変えましょうね」なんて言えないでしょ。変な噂が立ったらこっちが怒られるし。だから「麻酔の所為《せい》ですかね。先生に言っておきます」と軽く受け流すんだけど、ナースステーションに戻ってくると「またよ」「えっ」なんて言いあってるの。

看護師たちは患者さんにバレないよう、こっそり「なのへや」と呼んでるけど。ま、それが原因で死んだりおかしくなったりした人は誰もいないから、こっちもそれほど不安視はしてないのよね。そんなことをいちいち気にしてられるほど、病院はヒマじゃないもの。「な」が出なくても、毎日が命の瀬戸際だから。

こんな話で良いの？　ほかにも、なにか話せる出来事があった気もするけど、ちょっとすぐには思いだせないなあ。

（その話は、およそ何年前から聞かれるようになったのか——という私の問いに）

ええと……たしか、勤めはじめた直後くらいだったかなあ。先輩に聞いたけど「そんな話、はじめて聞いた」みたいなこと言ってたから。やっぱり私がここに勤務したあたりからじゃないの。え、まさか私が原因じゃないよね。勘弁してよ。

あ、そうだ。

たぶん最初にそれを聞いた人……思いだした。若い患者さん。交通事故で昏睡してたんだけど、意識が戻ってまもなく、真夜中にナースコールされたのよ。

「友人がベッドの脇に立って〝な、な〟と、言い聞かせるように頷いているんだ。もしかしてあいつらは死んだんじゃないのか。俺を責めてるんじゃないのか」

そんなことを毎晩言ってたっけ。そうだそうだ、彼が最初だわ。幸い後遺症もなく退院したけど、けっこう悲惨な事故だったから印象に残ってたの。

（私、どのような事故だったのかを問う）

その人、友だちの車に乗っていて市内で事故ったのよ。同乗していた三人は、残念ながら亡くなってね。「祟りか」とかって新聞に載ったんじゃなかったかな。きもだめしで山に行ってね、その帰りに自損事故を起こしたって話だったっけ。

ばんそこ

取材の礼を告げて帰ろうとした矢先、看護師のT子さんが「あ」と叫んだ。

「言うつもりだった話、思いだしたわ」

私は鞄にしまいかけのメモ帳を再び開き、ペンを手にした。


何年か前、患者さんで「霊感がある」って女の人がいたの。「あの部屋で人が死んだ」とか「あそこをまだ歩いてる」とか、そんなことばかり言ってる人でね。まあ、病院だもの、亡くなる人なんて常にいるじゃない。だから私もあまり気にせず「まあ、そうですか」なんて返事をしてたんだけど。ある日、その人ってば私に「あんた、変わったものを背中に背負ってるね」って言うのよ。

「変わったものってなんですか」

そう聞いたら「ばんそこ」って。

「ばんそこをびっしり貼っているおかげで、顔面がふやけて白くなった人間だ。いや、人間じゃないかもしれない。ここで起こる〈悪いことすべての芽〉だな」

こっちをじっと見て、そんなことを言うの。不気味でしょ。

そのときは「あら、怖い」なんて適当にやり過ごしたけど、内心ゾッとしたわ。理由はわからないけど……なんだか、当たってるような気がしたのよね。

逃れられない輪のなかに放りこまれた……そんな予感があったの。変でしょ。


今度こそ辞去しようと帰り支度をしている私に、彼女が再び「そういえば」と話しかけてきた。どうやら、あとになっていろいろ思いだす性格らしい。

「私の父も、変な体験があるって言ってたな」

「どんな話ですか」と訊ねたが「あんまり詳しく憶えていないの」と返された。

「どうせなら本人に聞いてくださいな。七十歳を過ぎてますけど、耳も頭もまだ矍鑠《かくしゃく》としてるんで」

こちらとしては、収集するネタが多いに越したことはない。「よろしければ、ぜひ」と、弛めの約束を取りつけた。

後日、彼女の手引きでお父上と会うことになった。

待ち合わせ場所にやって来た男性は七十代とは思えぬほど背筋が伸びており、挨拶の声も明瞭りしている。ひとしきり壮健を褒めてから、私は本題に入った。

「怖い体験をお持ちだと伺ったのですが」

そう告げた直後、彼の顔色がわずかに変わった。

血の気が失せ、妙に白くなったように見える。

「まあ、幽霊を見たわけではないんだけど」

そんな前置きに続き、K氏は自身の体験——ある村での出来事を語りはじめた。

著者紹介

我妻俊樹（あがつま・としき）
『実話怪談覚書 忌之刻』で単著デビュー。『みみざんげ』をはじめとする「忌印恐怖譚」シリーズ、『奇々耳草紙 憑き人』など。共著に「FKB饗宴」「てのひら怪談」「ふたり怪談」「怪談五色」「瞬殺怪談」各シリーズ、『猫怪談』など。

小田イ輔（おだ・いすけ）
『FKB饗宴5』にてデビュー。単著に『立チ腐レ』をはじめとする「怪談奇聞」シリーズ、『FKB怪幽録 奇の穴』、「実話コレクション」シリーズの『厭怪談』『呪怪談』『忌怪談』『邪怪談』『憑怪談』など。共著に「瞬殺怪談」シリーズ、『怪談五色 死相』、『殲・百物語』など。

川奈まり子（かわな・まりこ）
『義母の艶香』で小説家デビュー。実話怪談では『赤い地獄』『迷家奇譚』『出没地帯』『穢死』『呪情』『奈落』『一〇八怪談 夜叉』『でる場所』『少年奇譚』『少女奇譚』など。共著に『嫐 怪談実話二人衆』『女之怪談 実話系ホラーアンソロジー』『怪談五色 破戒』『現代怪談 地獄めぐり』など。TABLO (http://tablo.jp/) と TOCANA (http://tocana.jp/) で実話奇譚を連載中。

黒木あるじ（くろき・あるじ）
『怪談実話 震』で単著デビュー。「無惨百物語」シリーズ、『黒木魔奇録』『怪談売買録 拝み猫』『怪談実話傑作選 弔』『怪談実話 終』など。共著には「FKB饗宴」「怪談五色」「ふたり怪談」「瞬殺怪談」「怪談四十九夜」各シリーズなど。小田イ輔やムラシタショウイチなど新たな書き手の発掘にも精力的だ。近著に小説『掃除屋 プロレス始末伝』。

神 薫（じん・かおる）
静岡県在住の現役の眼科医。『怪談女医 閉鎖病棟奇譚』で単著デビュー。『怨念怪談 葬難』『骸拾い』など。共著に「FKB饗宴」「瞬殺怪談」各シリーズ、『恐怖女子会 不祥の水』、『猫怪談』など。女医風呂 物書き女医の日常 https://ameblo.jp/joyblog/

朱雀門　出（すざくもん・いずる）
「今昔奇怪録」で日本ホラー小説大賞短編賞を受賞。著書に『今昔奇怪録』『首ざぶとん』、実話怪談では単著に「脳釘怪談」シリーズ。共著に「怪談五色」シリーズ、『京都怪談 神隠し』など。

鈴木呂亜（すずき・ろあ）
自称「奇妙な噂の愛好者」。サラリーマンとして働く傍ら、国内外の都市伝説や奇妙な事件を蒐集している。黒木あるじの推薦により『都怪ノ奇録』で単著デビュー。「実録都市伝説」シリーズの『世怪ノ奇録』『社怪ノ奇録』など。

つくね乱蔵（つくね・らんぞう）
『恐怖箱 厭怪』で単著デビュー。『恐怖箱 万霊塔』、『恐怖箱 絶望怪談』『恐怖箱 厭獄』など。共著に「瞬殺怪談」「怪談五色」各シリーズ、『恐怖箱 屍役所』、『恐怖箱 怪画』など。黒川進吾の名でショートショートも発表、共著『ショートショートの宝箱』もある。

冨士玉女（ふじ・たまめ）
怪談を聞いたり読んだり語ったりするのが好き。普段はサラリーマンとして生きている。最近知り合いの不幸が妙に多いので、これ以上深入りをしない方がいいのかと逡巡しながらの今回も常連参加。

吉澤有貴（よしざわ・ゆうき）
上条麗南のペンネームにて『青獣の烙印 義母と姉が牝になる寝室』で官能作家デビュー。無類の怪談好きが高じて吉澤名にて『FKB怪談幽戯』で怪談実話を初披露。単著に『呪胎怪談』、共著に『嬲 怪談実話二人衆』など。

怪談四十九夜 埋骨

2019年10月5日　初版第1刷発行

編著　黒木あるじ
著者　我妻俊樹／小田イ輔／川奈まり子
神　薫／朱雀門　出／鈴木呂亜
つくね乱蔵／冨士玉女／吉澤有貴
企画・編集　中西如(Studio DARA)
発行人　後藤明信
発行所　株式会社 竹書房
〒102-0072 東京都千代田区飯田橋2-7-3
電話03(3264)1576(代表)
電話03(3234)6208(編集)
http://www.takeshobo.co.jp
印刷所　中央精版印刷株式会社

定価はカバーに表示しています。
落丁・乱丁本は当社までお問い合わせください。

ISBN978-4-8019-2014-9　C0193